365 Histórias para dormir

~ Uma história por dia ~

Texto de Chiara Cioni e
Danila Sorrentino
Ilustrações de Sara Torretta

Ciranda Cultural

Dados Internacionais de Catalogação na Publicação (CIP) de acordo com ISBD

C576h   Cioni, Chiara.

            365 histórias para dormir: uma história por dia / Chiara Cioni ; Danila Sorrentino ; ilustrado por Sara Torretta. - Jandira, SP : Ciranda Cultural, 2025.
            175 p. : il.; 21,50cm x 27,50cm. - (365 histórias)

            Título original: 365 bedtime stories - one story a day
            ISBN: 978-65-261-0934-2

            1. Literatura infantil. 2. Emoções. 3. Histórias. 4. Hora de dormir. I. Sorrentino, Danila. II. Torretta, Sara. III. Título. IV. Série.

2024-2193   CDD 028.5
                                                                                                                              CDU 82-93

Elaborada por Lucio Feitosa - CRB-8/8803

Índice para catálogo sistemático:
1. Literatura infantil 028.5
2. Literatura infantil 82-93

© 2024 Moon Srl on license of © Rusconi Libri S.p.A. - Italy

Título original: *365 Bedtime Stories*
Texto: Chiara Cioni e Danila Sorrentino
Ilustrações: Sara Torretta

© 2025 desta edição:
Ciranda Cultural Editora e Distribuidora Ltda.
Editora: Elisângela da Silva
Editora-assistente: Layane Almeida
Revisão: Adriane Gozzo e Lígia Arata Barros
Diagramação: Edilson Andrade

1ª Edição em 2025
www.cirandacultural.com.br
Todos os direitos reservados. Nenhuma parte desta publicação pode ser reproduzida, arquivada em sistema de busca ou transmitida por qualquer meio, seja ele eletrônico, fotocópia, gravação ou outros, sem prévia autorização do detentor dos direitos, e não pode circular encadernada ou encapada de maneira distinta daquela em que foi publicada, ou sem que as mesmas condições sejam impostas aos compradores subsequentes.

1 ZEUS E A TARTARUGA
Uma fábula de Esopo

Zeus, senhor dos deuses olimpianos, decidiu organizar uma festa para todos os animais. Havia piscinas cheias de uvas, pistas de patinação feitas de cascas de banana, trampolins feitos de teias de aranhas asiáticas. E havia também danças de minhocas, desfiles de moda de tigres albinos, *quizzes* para chimpanzés. Zeus estava sentado em seu trono, observando os convidados com satisfação, quando, de repente, gritou: "Parem todos! Onde está a tartaruga?". Os convidados olharam ao redor, preocupados. Todos estavam lá, exceto ela.

"Tragam-na aqui!", ordenou Zeus. E a tartaruga foi levada até ele. "Como ousa ignorar minha festa? Você acha que é melhor que eu?" "Não", respondeu a tartaruga. "Só acho que todos são felizes na própria casa!" Então, Zeus respondeu: "Se você não pode ficar sem sua casa, aí está!". A tartaruga se viu presa em um casco duro e, desde aquele dia, é forçada a carregá-lo para onde quer que vá.

2 A SOPA DE PEDRA
Uma fábula tradicional europeia

Uma noite, uma velha ouviu uma batida na porta. Ela não tinha amigos e não confiava em ninguém, então não a abriu, mas a batida continuou: "Posso ficar com você esta noite?". "Não tenho lenha nem comida", ela respondeu, porém a voz falou: "Não importa". A mulher abriu a porta e viu um jovem carregando um pouco de lenha. Assim que acenderam o fogo, o viajante disse: "Vamos fazer o jantar!". A mulher apontou para uma panela vazia, e ele colocou dentro dela uma pedra mágica, nabos e cenouras do jardim abandonado e um osso. Era uma sopa deliciosa. De manhã, o jovem deu-lhe a pedra e foi embora. Alguns dias depois, outro viajante apareceu, e a mulher pensou: "Se eu abrir, ele vai roubar minha pedra". Nesse instante, a pedra mágica desapareceu! Quando o jovem voltou, a mulher lhe contou tudo, e ele disse: "Cuide do jardim e receba amigos. Você nunca mais passará fome!".

3 — O CARVALHO E O JUNCO
Uma fábula de J. de La Fontaine

Um majestoso carvalho observava um pântano. Aos seus pés, havia um canavial leve e elástico, que se dobrava com cada rajada de vento. "Vocês, juncos, são tão fracos!", disse o carvalho. "Tremem ao primeiro sopro de vento. Deveriam ficar retos e imóveis, como eu. Crianças sobem e brincam em meus galhos, e adultos descansam à minha sombra. De que servem vocês?" "Não sei", respondeu um dos juncos, parecendo um pouco triste. "É assim que somos; dobrar é o que fazemos." O inverno chegou com chuvas e tempestades. Um dia, o vento soprou tão forte que as raízes do carvalho começaram a ranger, e, de repente, a árvore caiu. Então o carvalho olhou para o junco e disse: "Perdoe-me pela minha arrogância! Você estava certo! É preciso ser flexível na vida e se ajustar ao que acontece".

4 — GATO E RATO EM PARCERIA
Um conto de fadas dos Irmãos Grimm

Um gato e um rato encontraram um pedaço de presunto coberto de gordura. O gato sugeriu: "Vamos guardá-lo para o inverno". Então, eles esconderam o presunto em uma árvore oca. Na manhã seguinte, o gato disse ao rato: "Tenho que ir, acabei de me tornar tio!" e, em vez disso, comeu a parte superior da gordura. Quando voltou para casa, o rato perguntou: "Qual é o nome do seu sobrinho?". "Topo-Tirado!" No dia seguinte, o gato anunciou: "Há um novo gatinho no mundo!". Ele saiu e devorou metade do presunto. "Como o chamaram?", perguntou o rato. "Metade-Ida." No dia seguinte, o gato terminou o pedaço de presunto com a mesma desculpa, e o rato perguntou novamente o nome do gatinho recém-nascido. "Tudo-Acabado." O inverno chegou, e a comida começou a escassear. "Temos o pedaço de presunto!", gritou o rato. Ele foi até a árvore, mas não encontrou nada. "Agora entendi seu Topo-Tirado, Metade-Ida e…" "Mais uma palavra e comerei você", o gato o advertiu. O rato olhou para ele desafiadoramente, então disse: "Tudo-A…". Mas teve que parar de falar porque o gato começou a persegui-lo, e ainda o está perseguindo até hoje!

5 — AS ROUPAS NOVAS DO IMPERADOR
Um conto de fadas de H. C. Andersen

Era uma vez um imperador que só se importava em parecer bonito e elegante. Ele era bastante vaidoso: usava roupas diferentes todos os dias e andava por aí para que as pessoas pudessem admirá-lo. Um dia, dois trapaceiros apareceram no castelo: "Vossa Majestade, criamos uma roupa que pode dizer se as pessoas são estúpidas ou não". "Como funciona?", perguntou o imperador. "Pessoas estúpidas não serão capazes de ver a roupa." O imperador lhes deu mil moedas de ouro: "Eu quero, mostrem-me!". Os dois charlatões lhe entregaram... absolutamente nada! Não querendo parecer estúpido, o imperador disse: "Que tecido maravilhoso!". Então fingiu vesti-lo e saiu. Todos fingiram admirar suas novas roupas, mas, de repente, uma criança gritou: "Olhem, o imperador está de cueca!". Todos começaram a rir, e o imperador correu de volta para o castelo, todo vermelho de vergonha.

6 — POR QUE A ARANHA NÃO TEM CASA?
Um conto tradicional africano

Todo mundo sabe que, em vez de ficar no ninho, a aranha vive em nossas casas. Mas por que é assim? Bem, há muito tempo, a aranha vivia em uma pequena cabana. Uma terrível seca atingiu a aldeia, a comida era escassa, e a aranha ficava cada vez mais faminta. Um dia, ela amarrou uma cesta nas costas e se esgueirou para dentro da casa do chefe da aldeia para roubar suas batatas. Ao sair, reclamou: "Minha casa queimou e carrego comigo as poucas coisas que me restam!". Ela fazia isso todos os dias, até que o chefe da aldeia pensou: "A aranha tem entrado e saído da minha casa por dez dias e o número de minhas batatas está diminuindo. Se ela passar mais uma vez...". A aranha passou, e o homem a parou: "Deixe-me ver o que há na cesta!". "Apenas minhas coisas...", respondeu a aranha. Mas o chefe da aldeia abriu a cesta e encontrou as batatas. Ele expulsou a aranha, que realmente perdeu sua casa.

A FESTA À FANTASIA

Um conto de M. E. Wilkins Freeman

7 — Parte I: O carroção do pequeno homem

O prefeito de uma adorável pequena cidade decidiu organizar uma festa à fantasia para todas as crianças: ricas, pobres, aquelas que colocavam o dedo no nariz e aquelas que corriam mais rápido que o vento. Em uma palavra, todas! E, como até os mais pobres mereciam usar fantasias, o prefeito decidiu pagar por elas do próprio bolso. Um carroção cheio de fantasias e máscaras maravilhosas chegou à cidade. Era conduzido por um homenzinho com um chapéu esquisito em forma de cebola. Todas as crianças correram para o carroção. As ricas escolheram se fantasiar de limpadores de chaminé ou agricultores, enquanto as pobres escolheram príncipes ou cavaleiros. A festa foi realizada na casa do prefeito, onde todos brincaram juntos e se divertiram muito. No entanto, quando voltaram para casa, as crianças não conseguiram tirar as fantasias e começaram a acreditar que realmente eram os personagens que estavam vestindo.

8 — Parte II: As roupas mágicas

O filho do padeiro, vestido como cavaleiro, perseguia os clientes com uma lança, enquanto a filha do gerente do banco, agora pastora, não queria ir à escola sem seus cordeirinhos. Os pais acreditavam que as roupas do homem eram amaldiçoadas, então procuraram por ele em todos os lugares, mas não o encontraram. Um dia, o prefeito o viu de longe: "Senhor! Gostaríamos muito que a vida de nossas crianças voltasse ao normal!". Mas o homenzinho respondeu: "As crianças estão felizes porque podem ser quem quiserem ser. Elas não podem escolher na vida cotidiana; algumas têm tudo, enquanto outras não têm nada". Mas o prefeito perseverou, então o homenzinho disse: "Tudo bem, porém com uma condição: uma vez por ano, você dará às crianças mais pobres uma meia cheia de presentes e organizará uma festa à fantasia". "Farei isso!" O homenzinho estalou os dedos e desapareceu. As crianças voltaram a usar suas roupas habituais e todos os anos tinham uma maravilhosa festa à fantasia e recebiam muitos presentes.

9 · VESPAS E ABELHAS
Uma fábula de J. de La Fontaine

Um enxame de abelhas e um de vespas estavam lutando por um favo de mel. Os zumbidos chamaram a atenção de outros insetos, e duas joaninhas gêmeas começaram a fazer algumas perguntas: "Senhor Grilo, você viu alguém perto do favo de mel?". "Claro que sim. Vi insetos pretos e amarelos." "Isso é verdade. Pretos e amarelos!", ecoou a Senhora Lesma. "Nunca saberemos a verdade, então!", disse o Mestre Besouro. "Abelhas e vespas são ambas pretas e amarelas." "Vamos pedir conselhos ao juiz-vespa", sugeriu a Dona Percevejo. Todos foram até a vespa, sentada à sua mesa. "Abelhas e vespas, vocês devem construir um favo de mel. O mais bonito ganhará." As abelhas voaram embora, enquanto as vespas voavam em torno, esbarrando umas nas outras. Não tinham ideia de como construir um favo de mel! Por isso, as abelhas recuperaram seu favo cheio de delicioso mel.

10 · A ORIGEM DOS VENTOS
Uma lenda esquimó

Um casal vivia em uma terra deserta e congelada. Marido e esposa suspiravam muito porque tinham um desejo guardado no coração. "Como seria bom ter um filho!", disse a mulher uma noite, e o homem acrescentou tristemente: "Mas somos muito velhos!". Algum tempo depois, a esposa lhe disse: "Há uma maneira de ter um filho: encontre a casca da Árvore da Luz e a esculpa". O homem fez isso e esculpiu uma linda marionete. A marionete ganhou vida, e o casal ficou incrivelmente feliz! Uma manhã, a marionete saiu para um passeio e chegou à parede que separa o céu da terra. Viu uma espécie de pele nela. Cortou-a, e o vento oriental entrou rapidamente. "Bem-vindo!", disse a marionete. Ela continuou e encontrou mais peles que impediam a entrada dos ventos. Liberou todos eles e depois se sentou em uma colina e ouviu-os soprar. A partir daquele momento, os ventos começaram a soprar por todo o mundo.

AS AVENTURAS DE PETER PAN

Um romance de J. M. Barrie

11 — Parte I: Os Darling

Peter Pan não era como os outros meninos. "Não quero crescer!", dizia o tempo todo. E, de fato, ele não crescia. Mas podia voar. Em uma noite, com sua boa amiga, uma fada chamada Sininho, ele decidiu se esconder diante da janela da família Darling para ouvir as histórias de ninar que Wendy contava aos pequenos irmãos, João e Miguel. Assim que as crianças fecharam os olhos, a sombra de Peter de repente correu para dentro do quarto, e ele entrou pela janela para pegá-la. Wendy o viu, mas não ficou assustada. "Sabe, talvez eu possa ajudá-lo!", ela disse e, pacientemente, costurou a sombra nas pontas de seus sapatos. "Ficou ótimo!", disse Peter.

12 — Parte II: Terra do Nunca

"Por que não vem comigo para a Terra do Nunca?", sugeriu Peter Pan a Wendy. "É um lugar verdadeiramente mágico, e tenho certeza de que você seria uma mãe fantástica para os Meninos Perdidos que vivem lá!" Wendy respondeu com um sorriso, e Peter Pan não perdeu tempo: acordou João e Miguel e espalhou o pó mágico de Sininho sobre as duas crianças e sobre Wendy. Era azul-claro e brilhava como se fosse feito de diamantes. Os três irmãos começaram a flutuar no ar. "Estamos voando!", exclamaram, espantados. Eles voaram silenciosamente para fora da janela e... para o céu estrelado! Rápidos como foguetes, sobrevoaram campos e cidades e chegaram à Terra do Nunca em pouco tempo.

13 — Parte III: Capitão Gancho

Peter, Sininho, Wendy e os irmãos chegaram cada vez mais perto da ilha e, olhando para baixo, avistaram um grande navio pirata preto no meio do mar azul, com um enorme crocodilo circulando-o repetidamente. "O Capitão Gancho mora lá, ele é um pirata cruel", explicou Peter, percebendo os olhares curiosos de João e Miguel. "Uma vez, enquanto estávamos lutando, Gancho caiu na água, e aquele crocodilo nadou até ele rapidamente e devorou sua mão... e seu relógio também! Por isso ele tem um gancho no lugar da mão." "É horrível!", disse Wendy, tremendo. "Uau!", exclamou Miguel. "Uau duplo!", acrescentou João.

14 — Parte IV: Os Meninos Perdidos

Peter Pan levou-os até sua toca, que ficava dentro de uma árvore oca e muito alta no meio da floresta. Assim, os três irmãos conheceram os Meninos Perdidos; eles eram divertidos e brincalhões, e logo se tornaram amigos. Na manhã seguinte, foram juntos para a floresta brincar, mas, infelizmente, suas risadas chamaram a atenção de alguns piratas, que surgiram dos arbustos e capturaram Wendy, John e Michael. Avisado por Sininho, Peter voou até o navio do Capitão Gancho para libertá-los.

15 — Parte V: A casa

O Capitão o avistou imediatamente: "Olá!", disse ele, saltando em direção a Peter, com a espada em punho. Felizmente, Peter conseguiu se afastar rapidamente, e o pirata caiu na água. Tique-taque, tique-taque! "Esse som me lembra algo", disse o Capitão Gancho. "Oh, não! É o crocodilo!" E lá foi ele, nadando o mais rápido que podia, com o predador atrás dele. Os três irmãos estavam a salvo! Naquela noite, Sininho espalhou seu pó sobre o navio dos piratas, o qual levantou voo. "Subam a bordo, eu os levarei para casa", disse Peter aos Darling. Quando chegaram ao quarto deles, os três irmãos abraçaram Peter Pan, se despediram e prometeram um ao outro que viveriam muitas outras aventuras maravilhosas juntos.

16 — A PEQUENA TIGRESA
Um conto tradicional indiano

Na selva, vivia uma pequena tigresa que cuidava da sobrinha havia meses, mesmo ela sendo adulta. Todos os dias, caçava presas que a sobrinha devorava sem deixar nada para ela. Uma manhã, a sobrinha disse: "Hiena, Leopardo e Pantera virão jantar hoje à noite. Você precisa conseguir muita comida para nós!". A tia caçou até a noite, então descansou um pouco. "Tia!", chamou a sobrinha, "queremos carne grelhada. Vá buscar fogo dos humanos!" "Não, é perigoso!", ela respondeu. Mas depois concordou em ir. Ela caminhou perto de algumas casas, sentiu o cheiro de carne e entrou em uma. "Ela é tão bonita!", disseram duas crianças. "Parece uma tigresa, mas menor. Vamos dar algo para ela comer." A tigresa teve uma boa refeição e depois adormeceu. Acordou de manhã e lembrou-se de sua tarefa, mas era tarde demais. "Talvez eu deva ficar aqui, será mais confortável", pensou a tigresa. As crianças ficaram muito felizes em recebê-la e, como era tão pequena, chamaram-na de "gata".

17 — A LENDA DE URASHIMA TARO
Um conto tradicional japonês

Um pescador chamado Urashima Taro encontrou uma tartaruga marinha em sua rede. "Você vale muito dinheiro", ele disse a ela, "mas vou deixá-la ir. Não quero tirar sua vida, que é muito mais longeva que a de um homem." Nesse momento, o animal desapareceu, e uma bela garota apareceu no barco: "Sou a filha do rei do mar", ela disse. "Tomei a forma de uma tartaruga marinha para testá-lo e vi que você é um grande homem, então gostaria de ser sua esposa". Urashima aceitou e foi viver com ela no fundo do mar. Depois de três anos, ele desejou voltar à terra para visitar os parentes. A princesa lhe deu uma caixa para que se lembrasse dela e disse: "Não a abra ou você não poderá voltar". Urashima chegou à cidade e descobriu que as pessoas que ele amava não estavam mais vivas: três anos no mar eram como trezentos anos na terra. Triste, ele abriu a caixa para encontrar consolo e nunca mais viu a esposa novamente.

AS DOZE PRINCESAS DANÇARINAS

Um conto de fadas dos Irmãos Grimm

18 — Parte I: Os sapatos desgastados

Um rei tinha doze filhas tão bonitas e alegres que, à noite, ele as trancava para que não andassem por aí e causassem problemas. Mas todas as manhãs ele encontrava os sapatos delas todos desgastados, como se tivessem andado a noite toda. "Isso é muito estranho", pensou o rei. Como não conseguia resolver o mistério, enviou mensageiros por todo o reino: "Quem descobrir o que minhas filhas fazem à noite poderá se casar com uma delas". Pretendentes chegaram de todas as partes do reino, mas ninguém conseguiu completar a tarefa. Decidido a tentar a sorte, um jovem soldado ajudou uma velha senhora no caminho para o castelo real. A mulher, que, na verdade, era uma fada, deu-lhe algo em retribuição por sua bondade: um manto de invisibilidade. "Com isso, você descobrirá a verdade", ela lhe disse, "mas, se beber ou comer, não conseguirá completar a tarefa."

19 — Parte II: O galho dourado

O soldado foi levado para o quarto ao lado de onde as meninas viviam, e a mais velha lhe trouxe comida e vinho, mas ela colocara pó para dormir neles. Assim que ficou sozinho, ele jogou tudo fora e fingiu dormir. As meninas correram em direção a uma porta escondida em seu quarto e desapareceram. Então, o soldado vestiu o manto mágico e as seguiu por um caminho ladeado de árvores douradas que levava a um palácio. Enquanto caminhava, ele quebrou um galho de uma árvore. No castelo, viu as princesas dançando em um salão de baile. Ao amanhecer, ele voltou para a cama. Pouco depois, as princesas também retornaram. "Vencemos de novo!", sussurraram elas, mas, na manhã seguinte, o príncipe contou ao rei sobre o baile e lhe mostrou o galho dourado como prova. "É tudo verdade", admitiram as princesas. "Escolha uma das minhas filhas como noiva", disse o rei. O soldado escolheu a mais velha, que havia se apaixonado por ele. A partir daquele dia, o rei deu um baile todas as noites para entreter as filhas.

11

20 O PINHEIRO NA FLORESTA
Um conto de fadas de H. C. Andersen

Um pequeno pinheiro vivia em uma floresta com pinheiros maiores. Durante o verão, alguns homens cortaram esses pinheiros maiores. "Eles vão usá-los para construir enormes navios; eles viajarão pelos mares", explicou uma cegonha que passava. "Sortudos", suspirou o pinheiro, enquanto um raio de sol o aquecia. O inverno chegou, e alguns homens cortaram os novos pinheiros. "Eles vão decorá-los para o Natal", disse-lhe um bando de pardais. "Sortudos", suspirou o pinheiro, enquanto um manto de neve o fazia brilhar. Passou um ano, e, finalmente, chegou a sua vez: ele foi levado para uma casa e decorado. O pinheiro estava feliz, mas, assim que as festas terminaram, os donos da casa tiraram suas decorações e o colocaram em um sótão escuro. "Eu era tão sortudo quando estava naquela floresta. Agora terei que esperar um ano inteiro para ver a luz novamente."

21 A PRINCESA QUE VIVIA DEBAIXO DA TERRA
Um conto de fadas de A. Lang

Um rei tinha ciúme da filha e a trancou em um castelo subterrâneo. "Quem a encontrar poderá se casar com ela." Todos os cavaleiros foram em busca da garota, mas nenhum teve sucesso. Um deles, muito astuto, teve uma ideia: vestiu uma pele de carneiro dourada e apareceu no palácio. O rei decidiu mostrar o animal para a filha. Quando ficaram sozinhos, o cavaleiro tirou a pele de carneiro, e os dois passaram alguns dias juntos, apaixonando-se. Quando chegou a hora de se despedirem, a garota disse: "Serei aquela que arruma suas penas com o bico". O jovem não entendeu e correu até o rei para lhe contar onde a princesa estava escondida. O rei foi obrigado a dizer: "Você a encontrou! Mas, se quiser se casar com ela, terá que reconhecê-la entre estes", e mostrou-lhe alguns patos. Um deles arrumou suas penas, e o cavaleiro, lembrando-se das palavras da garota, o pegou. Então, o rei permitiu que se casassem.

22 · O PESCADOR E O GÊNIO
Um conto de *As mil e uma noites*

Em uma ilha distante, vivia um pescador pobre. Uma noite, ele encontrou em sua rede um vaso de cobre selado. "Talvez haja um tesouro dentro!", pensou o homem. Ele rapidamente o destampou, mas uma grande nuvem de fumaça negra e uma enorme criatura surgiram. "Sou o gênio do vaso! Obrigado por me acordar, mas estive aqui por um tempo terrivelmente longo, então estou, de fato, furioso!" O pescador começou a tremer de medo, então teve uma ideia: "Você é um mentiroso!", disse ele ao gênio. "Um homem enorme como você não pode caber em um vaso tão pequeno." "Claro que posso, vou lhe mostrar!", respondeu o gênio, vermelho de raiva. Ele se transformou em uma nuvem de fumaça e deslizou de volta para o vaso. O pescador correu para fechar o objeto e, ao ouvir o gênio implorar para ser solto, respondeu: "Você pode ser poderoso, meu amigo, mas certamente não é muito esperto!".

23 · O BESOURO IMPERIAL
Um conto de fadas de H. C. Andersen

Nos estábulos imperiais, entre o esterco imperial do cavalo imperial, vivia um grande besouro. Em vez de reclamar do cheiro, ele tinha muito orgulho dele. Uma manhã, um ferreiro veio colocar ferraduras douradas maravilhosas no equino. "Também moro aqui! Quero ferraduras!", gritou o besouro, mas o ferreiro riu: "Você é um cavalo imperial?". "Não, mas..." "Então, nada de ferraduras!" Profundamente ofendido, o besouro foi embora e passou a noite na grama: "Está tão frio aqui!", reclamou. Ao amanhecer, ele se mudou para uma vala, mas foi capturado por algumas crianças, que o amarraram a um pau e fugiram. Quando se libertou, voou e pousou na crina do cavalo imperial. Olhou para baixo e disse: "É por isso que colocam ferraduras douradas nele! Porque sou seu cavaleiro!". E ele se sentiu muito orgulhoso novamente.

PINÓQUIO
Um romance de C. Collodi

24   Parte I: Gepeto

Era uma vez um pobre carpinteiro chamado Gepeto. Como tinha um belo pedaço de madeira, decidiu esculpir um belo fantoche. "Vou chamá-lo Pinóquio", disse o velho, que já amava o fantoche como um filho. Naquela mesma noite, a Fada Azul apareceu em sua humilde casa e, tocando Pinóquio com sua varinha mágica, deu-lhe vida. Ela se aproximou dele e sussurrou: "Se for sempre bom e obediente, um dia se tornará um menino de verdade". Na manhã seguinte, Pinóquio acordou Gepeto, feliz, e o velho ficou ali parado, olhando para ele, boquiaberto.

25   Parte II: O espetáculo de marionetes

Pinóquio sorriu, dizendo: "Querido Gepeto, quero ir à escola com as outras crianças!". O carpinteiro, que estava nas nuvens porque finalmente tinha um filho, correu para vender seu único casaco, para comprar livros para ele. Pinóquio, no entanto, era um fantoche muito travesso e, em vez de ir à escola, comprou um bilhete para o espetáculo de marionetes. Uma vez lá, subiu no palco com as outras marionetes, e o público gostou tanto dele que Mangiafuoco, o mestre das marionetes, o recompensou com cinco moedas de ouro e disse-lhe que voltasse para casa ao encontro do pai.

26   Parte III: O nariz comprido

No caminho para casa, porém, Pinóquio encontrou dois trapaceiros, o gato e a raposa. Os animais sugeriram imediatamente: "Por que não enterra as moedas naquele campo ali? Se fizer isso, amanhã encontrará uma árvore cheia de moedas só para você!". Pinóquio, que era ingênuo, deu ouvido a eles, mas, assim que o fantoche se distraiu, o gato e a raposa roubaram suas moedas e fugiram. A Fada Azul veio em seu socorro, porém, quando perguntou o que havia acontecido, o fantoche lhe contou um monte de mentiras. Então, ela o tocou com sua varinha mágica: para cada mentira contada, seu nariz cresceria mais. Desesperado, Pinóquio prometeu que se comportaria, e a fada encurtou seu nariz.

27 — Parte IV: A Terra dos Brinquedos

O fantoche estava quase em casa, quando encontrou Pavio de Vela, um garoto de rua: "Estou indo para a Terra dos Brinquedos. Quer vir comigo?". "O que é isso?" "Um lugar onde você não precisa ir à escola e a única coisa com a qual precisa se preocupar é se divertir!" O fantoche disse sim imediatamente e com muita alegria. Ele se divertiu muito com Pavio de Vela: comeram muitos doces e não ficaram entediados. Depois de um tempo, porém, eles perceberam que estavam lentamente se transformando em burros. Então, para se salvar, Pinóquio não teve outra escolha senão escapar da Terra dos Brinquedos e pular no mar. De repente, enquanto estava à mercê das ondas, foi engolido por uma enorme baleia.

28 — Parte V: Dentro da baleia

Pinóquio ficou muito surpreso quando, andando na barriga da baleia, viu seu querido pai, Gepeto. O homem tinha viajado por toda parte para encontrá-lo. Eles decidiram acender uma fogueira para se aquecer, mas a fumaça fez a baleia espirrar, e, com um grande *atchim*, pai e filho se viram, de repente, em alto-mar. Felizmente, um atum que vivia por perto deu carona a eles. Gepeto e Pinóquio chegaram à costa e foram para casa. Pinóquio prometeu ao carpinteiro que, a partir daquele momento, seria um menino bom e obediente. Então, como recompensa, a Fada Azul o transformou em um menino de verdade.

29 A PEQUENA FLOR DE NEVE
Um conto de fadas de H. C. Andersen

Os jardins cobertos de neve pareciam desertos, mas, debaixo da terra, uma flor dormia no seu bulbo e sonhava em ser especial. Então, um raio de sol penetrou no solo. "É hora de acordar?", perguntou a flor. "Ainda não", respondeu o raio de sol. "Espere pela primavera!" Todas as manhãs, a flor perguntava, e todas as manhãs o raio respondia: "Ainda não!". Um dia, a flor se esticou até sair do chão e foi banhada pela luz do sol. Uma menina a viu. "Uma flor de neve!", ela exclamou. A garota levou a

flor para casa e a colocou em uma carta para o namorado. "Sou especial para ela?", perguntou a flor. Quando o namorado abriu o envelope, beijou a flor e a colocou na mesa de cabeceira. "Sou especial para ele?", a flor se perguntou novamente. Durante uma tempestade, uma rajada de vento a derrubou no chão. Foi recolhida e guardada em um livro, até que um homem que nunca ria abriu o manuscrito e a viu. Pela primeira vez em anos, ele sorriu. E a flor finalmente se sentiu especial!

30 A HISTÓRIA DE QUACKLING
Um conto tradicional francês

Era uma vez um homem a quem todos chamavam Quackling, porque era pequeno, mas também muito inteligente. Ele acumulara tanta fortuna que o próprio rei tomara com ele dinheiro emprestado. Mas, como o rei ainda não havia devolvido o dinheiro, Quackling decidiu ir buscá-lo. No caminho, encontrou a Raposa, a Escada, a Fonte e a Colmeia. "Não posso aparecer com todos eles", pensou Quackling, então os colocou em um saco. Quando chegou ao palácio, o rei o trancou em uma jaula com perus selvagens, mas Quackling soltou a Raposa, que devorou todos eles. Então, o rei mandou que ele fosse jogado em um poço, mas Quackling retirou a Escada e usou-a para sair. Furioso, o rei mandou jogá-lo em um forno, mas Quackling libertou a Fonte, que apagou as chamas. O rei queria matá-lo com as próprias mãos, mas Quackling agitou a Colmeia: as abelhas voaram em direção ao rei, que fugiu. Então todos disseram: "Quackling será nosso novo rei!". E assim Quackling, que era pequeno e não muito belo, se tornou rei, graças à sua inteligência!

O INCRÍVEL ISSUNBOSHI

Um conto de fadas japonês

31   Parte I: A jornada ao palácio imperial

Há muito tempo, no Japão antigo, um homem e uma mulher que não tinham filhos encontraram um bebê abandonado em um campo. Ele era muito bonito, mas muito, muito pequeno, como um polegar. Decidiram chamá-lo Issunboshi e o criaram com amor, até que ele se tornou um jovem e anunciou: "Farei o possível para me juntar ao exército do imperador!". E assim partiu. Após longa jornada, ele finalmente chegou ao palácio real. O imperador, vendo quão pequeno era, declarou: "Não preciso de mais um soldado. Mas você seria o guarda perfeito para a princesa. Aceita minha oferta?". A princesa era muito bonita, e Issunboshi aceitou. Então, todos os dias, ele passeava com ela pelos jardins reais. E, com o tempo, Issunboshi sentia que estava se apaixonando cada vez mais. Infelizmente, ele sabia muito bem que era pequeno demais para pedir a mão da jovem em casamento. O rei nunca permitiria.

32   Parte II: A clava do ogro

Em uma noite, durante um dos passeios habituais, Issunboshi e a princesa encontraram um ogro assustador, que correu em direção a eles e tentou atingi-los com sua clava mágica. Saltando com incrível agilidade, Issunboshi protegeu a amada e evitou os terríveis golpes do ogro. Então, correu ao redor das pernas do monstro, e o ogro perdeu o equilíbrio. Foi aí que Issunboshi desembainhou sua pequena espada, e o monstro, atordoado por ter caído, fugiu sem pensar duas vezes. Issunboshi abaixou-se para pegar a clava brilhante, mas, assim que a tocou, começou a crescer, e crescer, e crescer. Quando o feitiço cessou, o garoto percebeu que havia se tornado tão alto quanto um homem normal. Ao voltar ao palácio, foi recebido como herói pelo imperador, que lhe agradeceu por ter salvado sua filha. E, como recompensa pela coragem extraordinária, Issunboshi foi autorizado a se casar com sua amada princesa.

O LABIRINTO DO MINOTAURO

Um conto mitológico grego

33   Parte I: Poseidon e Minos

Há muito tempo, quando o rei Minos governava Creta, Poseidon, deus do mar, lhe deu um touro branco, dizendo: "Quero que seja sacrificado para mim". No entanto, o governante ficou com o animal para si. Para se vingar, Poseidon enviou um terrível monstro para a Terra: tinha o corpo de um homem e a cabeça de um touro, e era chamado Minotauro. "Você o criará como filho e não poderá matá-lo", ordenou Poseidon a Minos. "Com o que eu o alimentarei?", perguntou o rei, e Poseidon gritou: "Apenas com carne humana!". Minos não tinha a intenção de deixar o Minotauro vagar pela cidade, aterrorizando seus súditos. Então, chamou Dédalo, o maior arquiteto de Creta: "Construa um labirinto do qual ninguém possa sair. Trancarei o monstro lá, e estaremos todos a salvo". Enquanto isso, Minos havia lutado com os gregos e estabeleceu uma regra cruel: todo ano, sete meninos e sete meninas deveriam ser enviados a Creta para serem devorados pelo Minotauro.

34   Parte II: O fio de Ariadne

Teseu, o jovem filho do rei de Atenas, cansado de tamanha crueldade, exclamou: "Pai, vou para Creta e matarei o Minotauro!". Ele chegou à ilha e encontrou a filha de Minos, Ariadne, que se apaixonou por ele e prometeu ajudá-lo. Os dois chegaram à entrada do labirinto, e a princesa deu a Teseu um novelo de linha: "Solte o fio e deixe-o cair no chão, assim você encontrará o caminho de volta". Teseu seguiu suas instruções, vagou por um tempo e conseguiu encontrar o monstro. Ele o enfrentou com sua espada afiada e, após uma luta feroz, em que pôde demonstrar suas habilidades, o matou. Então, caminhou de volta graças ao fio de Ariadne, saiu do labirinto e deixou Creta, esquecendo-se totalmente da bela Ariadne, que acabou se casando com Dionísio, deus do vinho.

35   Parte III: Dédalo e Ícaro

Minos, furioso porque o Minotauro havia sido morto, prendeu Dédalo e seu filho, Ícaro, no labirinto. Ele havia descoberto que fora Dédalo quem dissera a Ariadne que prendesse o fio na entrada do labirinto para ajudar Teseu. Mas Dédalo, que era muito habilidoso e inteligente, fez asas de penas de pássaro e cera de vela. "Vamos voar, Ícaro, mas devemos ter muito cuidado: lembre-se, você não pode voar perto do sol!" Dédalo e Ícaro colocaram as asas e decolaram. Ícaro, no entanto, ficou deslumbrado com o sol, aproximou-se demais, e o calor derreteu a cera, fazendo-o cair no mar. Dédalo, triste pelo que havia acontecido com o filho, conseguiu continuar voando e chegou à Sicília, onde finalmente estava a salvo da ira de Minos.

36   O PRATO DE LENTILHAS
Um conto bíblico

Isaac vivia com a esposa, Rebeca, e os filhos, Esaú e Jacó. Esaú era forte e muito bom na caça, mas frequentemente agia sem pensar. Jacó, por outro lado, era mais magro e esperto e preferia ficar em casa com a mãe. Todos os dias, Isaac dizia: "Meu pai Abraão me deu esta terra. Um dia, farei o mesmo com Esaú, pois ele é o primogênito e, de acordo com a lei, herdará tudo o que possuo". Uma noite, Esaú chegou em casa com fome e perguntou ao irmão: "Há algo para comer?". O garoto olhou para o prato de lentilhas diante de si e teve uma ideia. "Só há isso, mamãe cozinhou para mim. Também estou com fome, mas vamos fazer uma troca: eu lhe dou as lentilhas se me der seu lugar de primogênito." Naquele momento, Esaú só estava preocupado em comer, então respondeu: "Que assim seja!". Assim, Jacó obteve a herança, enquanto Esaú perdeu tudo por um prato de lentilhas.

37 O URSO E O COELHINHO
Uma fábula de Esopo

Esta é a história de um coelhinho curioso e animado. "Você pode brincar e explorar, mas não vá muito longe!", a mãe lhe disse. "Por quê?", perguntou o coelhinho. "Porque há coisas boas e ruins no mundo. E você ainda não sabe qual é qual." Uma manhã, o coelhinho viu um inseto com um chifre no nariz. "Eu me pergunto para que serve isso!", pensou ele e começou a segui-lo. De repente, viu-se diante de um grande lobo. "Quem é você?", perguntou o coelho. "Sou o lobo." "E o que os lobos fazem?" "Comem coelhinhos!", respondeu o lobo. "Ohhhh!" disse o coelhinho e começou a correr, mas o lobo agarrou sua cauda. "Vamos jogar um jogo: eu abro a boca e você pula dentro!" "Também quero brincar", disse um urso que passava por ali, e ele rugiu tão alto que o lobo fugiu. O coelhinho agradeceu ao urso e voltou para casa com sua mãe.

38 CORAÇÃO DE PEDRA
Um conto de fadas alemão

Peter Marmota foi visitar o espírito da Floresta Negra: "Gostaria de ter muito dinheiro, uma fábrica de vidros e...". O espírito o interrompeu: "Diga-me em um ano". Peter concordou, mas os negócios logo começaram a ir mal, e ele perdeu todo seu dinheiro. Então, fez um acordo com o feiticeiro maligno Mick: seu coração em troca de mil moedas de ouro. Com uma pedra no peito, Peter ficou incapaz de sentir qualquer coisa. Perdeu todos os amigos e até mesmo a namorada. Tinha mil moedas de ouro, mas não era feliz. Um ano se passou, e ele voltou ao espírito: "Quero meu coração de volta". "Não posso desfazer o acordo que você fez com Mick, mas vou ajudá-lo." Aconselhado pelo espírito, Peter foi até o feiticeiro: "O que você colocou dentro de mim para substituir meu coração não é feito de pedra, mas de ferro...". "Deixe-me verificar", respondeu Mick. Ele retirou a pedra do peito de Peter e temporariamente colocou de volta seu coração humano. O espírito da Floresta Negra apareceu e destruiu a pedra, libertando o garoto. Peter recuperou os amigos e a namorada e viveu feliz para sempre.

39 O TIGRE E O HOMEM
Uma lenda siberiana

Há muito tempo, o tigre se sentia invencível e agia como o rei da floresta. Um dia, ele deitou-se sob uma árvore, e um pássaro, que descansava em um galho, olhou para baixo e disse: "Eu não dormiria tão pacificamente se fosse você". "Por quê?" "Bem, alguém que você deveria temer anda por aqui." "Ah-ha-ha!", riu o animal. "E quem seria?" "O homem!" "Vou procurá-lo. Mas, se você estiver mentindo, vou comê-lo no jantar." O tigre partiu e encontrou uma anta. "Você é um homem?" "Claro que não!", respondeu o animal, ofendido, e desapareceu na floresta. Depois, ele encontrou uma tartaruga. "Você é um homem?" "Que bobagem é essa?", o animal gritou, irritado. No final, o tigre encontrou um ser humano e fez a mesma pergunta. "Espere um minuto e eu lhe mostrarei", disse o homem, pegando seu rifle. Ele disparou um tiro no ar, e o tigre, aterrorizado, fugiu. Quando encontrou o pássaro mais tarde, admitiu: "Você estava certo. Eu realmente deveria temer o homem". E é por isso que o tigre mantém boa distância dos seres humanos.

40 O COELHO BRANCO
Um conto tradicional japonês

Seis irmãos que queriam se casar com a princesa de Inaba decidiram ir até ela para cortejá-la. Durante a viagem, os cinco mais velhos avançaram rapidamente, enquanto o mais novo, generoso e bondoso, ficou para trás, porque carregava a bagagem. No caminho, o jovem encontrou um coelho muito ferido. "Quem fez isso com você?", ele perguntou. "Pobre de mim!", chorou o coelho. "Consegui convencer um crocodilo a me deixar atravessar o rio em suas costas, mas, assim que chegamos à terra, ele me mordeu e tentou me comer". O jovem lhe disse: "Minha mãe me ensinou um remédio maravilhoso: entre no rio e esfregue um pouco de pólen de flores na pele!". O coelho se curou imediatamente e, para agradecer ao jovem, disse: "Não sou um animal, mas o deus das florestas. Como recompensa, vou garantir que você conquiste a princesa". Quando o rapaz chegou ao palácio de Inaba, foi escolhido como noivo da princesa e se tornou rei.

ALICE NO PAÍS DAS MARAVILHAS

Um romance de L. Carroll

41 — Parte I: O Coelho Branco

Alice era uma garota curiosa e animada, que adorava ouvir histórias e sonhar acordada. Em uma tarde ensolarada, enquanto lia tranquilamente sob uma árvore com a irmã, ela viu um Coelho Branco elegantemente vestido e correndo tão rápido que estava sem fôlego. "Ó céus, vou me atrasar!", ele murmurava. Alice não pensou duas vezes: levantou-se e o seguiu até uma árvore oca. Estava tão escuro lá dentro que ela não conseguia ver nada! Sem perceber, ela escorregou e caiu em um buraco muito profundo. Despencou por aquilo que parecia uma eternidade e, finalmente, aterrissou em uma pequena sala.

42 — Parte II: A poção mágica

Alice se sentou e olhou cuidadosamente ao redor: estava em uma sala subterrânea, decorada com cores vibrantes e móveis de formas estranhas. No canto, havia uma pequena porta e, no centro, uma mesa de café, com uma garrafa em cima. Alice se aproximou e viu que na garrafa havia um rótulo que dizia: "Beba-me!". Ela hesitou por um breve momento, então engoliu o líquido... e, de repente, ficou cada vez menor! Tudo parecia tão grande! No entanto, Alice percebeu que agora podia passar pela porta. Quando atravessou o umbral, viu-se em uma floresta cheia de flores estranhas e muitos animais peculiares.

43 — Parte III: Animais estranhos

Alice seguiu um caminho que parecia atravessar toda a floresta e, ao longo do percurso, parava para olhar as flores e as plantas. Então, chegou ao pé de um enorme cogumelo. Ela ficou estupefata ao ver que uma grande lagarta colorida com rosto amigável repousava sobre o cogumelo. A menina cumprimentou-a e parou para conversar um pouco. Intrigada com aquela floresta habitada por criaturas peculiares, Alice voltou ao caminho, mas teve que pedir instruções a um gato listrado com um sorriso engraçado. "Querida Alice, você encontrará a Lebre de Março lá", disse-lhe o felino, que tinha uma habilidade extraordinária: podia aparecer e desaparecer quando quisesse!

44 Parte IV: A Lebre de Março e o Chapeleiro Maluco

Alice continuou andando e chegou a uma casa, onde ouviu duas vozes conversando. Elas pertenciam ao dono do lugar, a Lebre de Março, e ao seu amigo, o Chapeleiro Maluco. Eles estavam tomando chá e sentados a uma mesa posta para dez pessoas. "Não há lugar para você!", gritaram assim que Alice tentou se sentar para tomar um pouco de chá. "Mas vocês não veem que há tantos lugares vazios aqui? Com certeza há espaço para mim também!", respondeu Alice. A Lebre de Março e o Chapeleiro Maluco, no entanto, ignoraram suas palavras e continuaram conversando entre si. "É melhor eu ir", pensou Alice depois de um tempo. Ela continuou a caminhada e logo se viu em um jardim cheio de rosas vermelhas.

45 Parte V: A Rainha de Copas

Alice passou por uma fileira de arbustos e, então, viu a Rainha de Copas jogando croqué: ela usava ouriços enrolados como bolas e um taco para bater neles. De repente, o Coelho Branco reapareceu, anunciando: "Que comece o julgamento!". Os guardas, que eram cartas de baralho de verdade, trouxeram o Valete de Copas, acusado de roubo, e o Coelho Branco o interrogou. Mas Alice começou a ficar cada vez maior, então a Rainha, furiosa, gritou: "Cortem-lhe a cabeça!". As cartas correram em direção à pequena, que acordou sobressaltada: estava deitada nas pernas da irmã! "Tive um sonho muito estranho", murmurou Alice. "Que bom. Mas é hora do chá agora", respondeu a irmã. "Precisamos ir."

46 O LOBO E O CACHORRO
Uma fábula de Esopo

Um lobo decidiu ir para a cidade em busca de comida. Enquanto caminhava, percebeu um cheiro delicioso vindo de um jardim bonito, onde um cachorro saboreava um lanche saboroso. O lobo se aproximou, e o cachorro exclamou: "Você está com aparência ruim, irmão! Coma um pouco do meu almoço!". O lobo correu em direção à tigela. Quando terminou de comer, agradeceu ao cachorro e perguntou: "Quem lhe dá essa comida tão boa?". "Meu dono." "E o que ele quer em troca?" "Que eu afaste os ladrões", respondeu o cachorro. "Só isso?" "Só isso." "Sabe, estou pensando em ficar aqui por alguns dias", disse o lobo, mas então percebeu que o pelo do cachorro estava um pouco amassado ao redor do pescoço. "O que é isso?" "É a corrente. Quando meu dono sai, ele me prende à minha casinha de cachorro." O lobo despediu-se dele: "Prefiro estar com fome e livre do que cheio e prisioneiro".

47 O RELÓGIO ENCANTADO
Um conto de fadas de H. C. Andersen

Um dia, Janik foi informado pelo pai, que achava que ele não valia nada: "Você pode ir em busca da sua sorte. Não é como se fosse conseguir alguma coisa!". Mas, no caminho, ele salvou um cachorro, um gato e uma cobra. Os três animais começaram a segui-lo aonde quer que ele fosse, e a cobra decidiu lhe dar um presente. Entrou em um tronco de árvore e saiu com um relógio que podia realizar desejos. "Desejo um palácio tão alto quanto uma montanha", exclamou Janik. E o castelo apareceu diante de seus olhos. O jovem decidiu viver lá e convidou o pai, o rei e sua filha para se juntarem a ele. Janik se apaixonou por ela e pediu-a em casamento, mas, assim que lhe contou sobre o poder do relógio, ela o roubou e fugiu para um castelo que erguera magicamente no meio do mar. O cachorro e o gato se infiltraram no palácio para recuperar o relógio e o trouxeram de volta a Janik. "Faça o castelo desaparecer e a princesa cair na água!", ele desejou. E assim foi. A partir daquele dia, Janik viveu sozinho com seus três amigos e foram felizes para sempre.

48 AS BAGAS MÁGICAS
Um conto de fadas irlandês

Um grupo de fadas vivia em uma montanha e comia apenas bagas encantadas. Elas tinham o poder de tornar felizes aqueles que as comiam, por isso as fadas as guardavam com muito cuidado. "Estaríamos em grandes apuros se os seres humanos descobrissem nosso segredo!", preocupava-se o rei. "Eles roubariam todas as nossas bagas!" Mas, infelizmente, durante uma festa, uma fada distraída deixou cair uma das bagas: o fruto rolou pela colina, germinou e virou árvore. "Agora você terá que encontrar um gigante que vigie a árvore dia e noite!", gritou o rei. A fada encontrou um gigante ganancioso e o alimentou com algumas bagas: "Se vier comigo, poderá comê-las sempre que quiser". Mas, enquanto o gigante dormia sob a árvore, um passarinho roubou as bagas e as levou para a amiga, uma garota que estava sempre triste. A partir daquele momento, ela começou a sorrir novamente, e, quando o rei das fadas foi vê-la para convencê-la a manter segredo sobre as bagas, ele se apaixonou por ela. Eles se casaram e viveram felizes para sempre.

49 A HISTÓRIA DO CARDO
Um conto de fadas de H. C. Andersen

Em um jardim maravilhoso, havia um cardo com flores vermelhas e azuis. Ninguém o notava, exceto um raio de sol. Um dia, durante uma festa, uma garota procurava a flor perfeita para dar ao amado. "Lá está ela!", exclamou, apontando para o cardo. O rapaz, que era o dono do jardim, colheu a flor e a prendeu no paletó. Após algum tempo, o casal se casou, e, na festa de bodas, o cardo disse aos seus botões: "Eles estão juntos por minha causa. Vão me colocar em um vaso!". Mas não o fizeram. Durante o inverno, apenas uma flor restou, e o casal a colocou em um quadro. "Meu primeiro filho acabou no paletó; meu segundo filho, em um quadro. E eu?", perguntou o cardo. Então pensou: "Meus filhos estão acomodados. Isso é o que importa!". "Um belo pensamento!", disse o raio de sol. "Você também será acomodado!" "Em um vaso ou em um quadro?", perguntou o cardo. "Em um conto de fadas!", respondeu o raio de sol.

O MAR DAS HISTÓRIAS

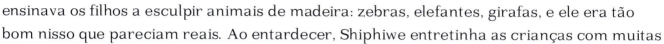

Um conto tradicional africano

50 — Parte I: Udufu, a tartaruga

Em uma aldeia entre a selva e o mar, viviam o escultor Mabassa, sua esposa, Shiphiwe, e seus filhos. Eles eram felizes com pouco e passavam o tempo fazendo coisas simples. Durante o dia, Mabassa ensinava os filhos a esculpir animais de madeira: zebras, elefantes, girafas, e ele era tão bom nisso que pareciam reais. Ao entardecer, Shiphiwe entretinha as crianças com muitas histórias, sempre mutáveis, para alimentar seus sonhos e torná-las mais maravilhosas. Uma noite, sem mais histórias para contar, ela foi até a beira-mar em busca de novas. Sentou-se na areia e esperou. Por um tempo, ouviu apenas os grasnados das gaivotas e o som das ondas, mas, quando estava prestes a ir embora, uma tartaruga saiu da água. "Meu nome é Udufu", disse ela. "Venha comigo e encontrará o que está procurando!" Shiphiwe subiu em suas costas e desceram às profundezas do mar, entre peixes prateados, conchas e cavalos-marinhos.

51 — Parte II: Em direção ao abismo

Quando chegaram ao fundo, Shiphiwe viu um castelo impressionante iluminado por candelabros feitos de pérolas e por espelhos feitos de conchas. Foi recebida por duas criaturas marinhas sentadas em tronos de coral, o rei e a rainha do abismo. "Você vem do mundo lá em cima?", perguntaram eles, imediatamente. "Sim", respondeu Shiphiwe. Intrigados, continuaram fazendo perguntas: "Como são os seres da terra? Nosso maior sonho é poder vê-los!". "Talvez eu possa ajudar vocês!", exclamou Shiphiwe. Ela subiu à superfície com Udufu, pegou as esculturas de animais terrestres feitas pelo marido e as trouxe para os governantes do mar, que as colocaram em seu jardim. "Obrigado. Este é o nosso presente para você!", disseram eles, entregando-lhe uma concha branca e bonita. "Toda vez que você a levar ao ouvido, ela lhe contará uma nova história." Shiphiwe voltou para casa, e, naquela noite, assim como em todas as seguintes, seus filhos puderam ouvir uma nova e maravilhosa história.

52 O SAPO EGOÍSTA
Uma lenda aborígene

Tiddalik, o sapo, tinha se escondido debaixo da terra para se refrescar e adormecera. Depois de algum tempo, acordou porque estava com muita sede, então cavou e encontrou um ornitorrinco. "Estou com um pouco de sede!", disse o sapo. O ornitorrinco apontou para um lago próximo, e Tiddalik bebeu toda a água, até que não sobrou nada. "Devolva nossa água!", gritaram os animais da floresta, com raiva. "Não!", respondeu Tiddalik. "Sim!", exclamou o ornitorrinco, socando o ar. O sapo estourou em risadas e cuspiu um pouco de água. "Tenho uma ideia!", pensou o ornitorrinco. Ele colocou a roupa íntima do coala na cabeça do emu, que não conseguia mais ver nada e começou a correr e a bater nos troncos das árvores. A cena era tão engraçada que o sapo continuou rindo e acabou cuspindo toda a água. "Desculpe! Nunca mais farei isso!", disse ele. E cumpriu sua promessa.

53 OS TRUQUES DE PELANDOK
Uma lenda malaia

Pelandok era um cervo minúsculo, conhecido pela astúcia. Um dia, ele disse ao amigo, a garça: "Vamos fazer uma viagem de barco para a ilha de Java. Eu conduzo, e você cuida das velas". "Essa é uma ideia maravilhosa!", respondeu o pássaro, e partiram. Depois de um tempo, no entanto, Pelandok adormeceu, e o barco foi na direção errada. "Acorde!", disse a garça. O cervo abriu os olhos, mas logo voltou a adormecer. "Acorde!", gritou a garça, ficando cada vez mais irritada. "Que barulho!", protestou Pelandok, voltando a dormir. Então, a garça fez um buraco no fundo da embarcação e voou para longe. O pobre Pelandok não sabia nadar e acordou bem a tempo de ver um tubarão faminto se aproximando. "Sou muito pequeno para alimentá-lo", gritou o cervo. "Mas, se me levar a Java, prepararei um almoço saboroso para você!" O tubarão acreditou nele e deixou que subisse em suas costas. Quando chegaram a Java, Pelandok lhe disse: "Espere aqui, voltarei com a comida!". Então, desapareceu na floresta. O tubarão esperou na costa por um tempo, depois disse: "Aquele cervo minúsculo me enganou!".

CHAPEUZINHO VERMELHO

Um conto de fadas de C. Perrault

54 Parte I: Uma cesta para a vovó

Era uma vez uma menina muito boa e alegre. Todos a chamavam de Chapeuzinho Vermelho, porque ela sempre usava um casaco vermelho com um capuz da mesma cor. Em um lindo dia de primavera, a mãe de Chapeuzinho Vermelho lhe deu uma cesta, dizendo: "Preparei um pouco de caldo e almôndegas para a vovó. Ela está com resfriado e não consegue sair de casa para comprar mantimentos. Por que você não vai passar um tempo com ela? Tenho certeza de que isso vai alegrá-la!". Chapeuzinho Vermelho não precisou de mais nada para ser convencida: assentiu feliz e saiu assobiando, seguindo o caminho que levava para a floresta.

55 Parte II: O lobo

Chapeuzinho Vermelho caminhava entre árvores altas e arbustos espessos quando viu um lobo trotando na trilha em sua direção. "Bom dia, Senhor Lobo!", cumprimentou-o com um sorriso. "Bom dia, pequeno bife... digo, pequena menina! Para onde você vai, minha querida?", perguntou o lobo. "Estou indo ver a vovó, que mora na casa amarela, na colina. Ela está com resfriado e a mamãe me pediu que levasse um pouco de caldo quente e lhe fizesse companhia." "Que bondosa essa menina... digo, menina! Boa viagem, então!", disse o lobo, permitindo que a garota passasse.

56 Parte III: Vovó em perigo

Mas o lobo era bastante astuto. Caminhou até a curva da estrada, então mudou de direção e correu diretamente para a floresta. Ele conhecia bem o caminho porque morava nas proximidades, então pegou um atalho e chegou rapidamente à casa amarela onde morava a avó de Chapeuzinho Vermelho. Quando a velha senhora foi até a porta, o lobo nem sequer disse "olá" e, abrindo a boca, a engoliu inteira. Em seguida, ele vestiu a longa camisola dela e se deitou na cama, cobrindo-se com os lençóis. Depois de um tempo, Chapeuzinho Vermelho chegou e bateu à porta. "Entre, minha querida!", disse o lobo, com a voz mais doce e fina que conseguiu.

57 Parte IV: O lobo disfarçado

Chapeuzinho Vermelho entrou no quarto da avó e, ao ver o lobo vestido como uma velha, não conseguia tirar os olhos dele. "Vovó, mas... que olhos brilhantes você tem!" "É apenas porque estou muito faminto... quero dizer, feliz em ver você, minha querida!", respondeu o lobo, tentando disfarçar a voz. "Vovó, mas... que unhas compridas você tem!" "É para agarrar... quero dizer, abraçá-la melhor, minha filha!", disse o lobo, cada vez mais ansioso. "Vovó, mas... que boca grande você tem, e há tanta baba na colcha!" "É porque sou louca por meninas com capuz vermelho!", rugiu o lobo. O lobo saltou e... lá se foi ela pela garganta dele! O lobo havia devorado Chapeuzinho Vermelho! Com a barriga cheia, ele se deitou à sombra de uma árvore e adormeceu.

58 Parte V: Caçador ao resgate

Justo naquele momento, um caçador passou por perto e, ao ver a grande barriga redonda do lobo, entendeu que o animal havia comido, pelo menos, duas pessoas. Então, ele se aproximou cuidadosamente, virou o lobo de cabeça para baixo e o sacudiu bem. Imediatamente, Chapeuzinho Vermelho e a avó saíram de lá e caíram na grama. Felizes e aliviadas, beijaram o caçador e o abraçaram como forma de agradecimento por tê-las salvado. O lobo aproveitou aquele momento para fugir, mas acabou pegando um resfriado terrível. Ele teve febre alta, tosse severa e foi forçado a comer sopa por mais de um mês.

59 A CAVERNA FALANTE
Uma fábula indiana do *Panchatantra*

Um leão vagava inquieto pela savana. "Hoje é meu dia de azar!", resmungou ele. "Ainda não encontrei um roedor!" De repente, ele se viu em frente à entrada de uma caverna. "Deve ser um esconderijo! Alguém vai voltar aqui para descansar. E talvez seja alguém gordo e saboroso!". Ele se escondeu na caverna e se agachou, ansioso pelo almoço. Não demorou muito para que o chacal chegasse. "Olha só!", exclamou ele. "Pegadas frescas fora do meu esconderijo! Alguém entrou e, pelo jeito das pegadas, nunca saiu. Melhor eu checar isso." "Querido esconderijo!", ele gritou, "estou de volta. Estou esperando sua permissão para entrar." Silêncio. O chacal continuou: "Querido esconderijo, se você não responder, vou ter que dormir em outro lugar". Então o leão, que não queria perder a refeição, rugiu: "Dou-lhe permissão para entrar!". Ao ouvir o rugido, o chacal fugiu, e, naquela noite, o leão comeu apenas grama amarga.

60 O CHAPÉU ENCANTADO
Um conto de fadas italiano

Um órfão chamado Lúcio possuía apenas um chapéu que herdara dos pais. Um dia, ele encontrou um cavaleiro e pediu-lhe um pouco de comida. "Como um jovem forte como você não tem um emprego?", perguntou o estranho. "Quando você não tem nada, as pessoas não lhe dão nada", respondeu o garoto. "Isso é verdade", respondeu o outro. "Mas sou o rei. Você quer ser assistente de jardineiro no meu palácio?" Lúcio o seguiu feliz até o castelo, mas o jardineiro era um homem desagradável, que lhe atribuía tarefas impossíveis. Quando o viu com dificuldade para fazer o trabalho, resmungou: "Vou ao rei reclamar de você!". O pobre Lúcio estava desesperado: "O que vou fazer?". "Eu o ajudarei", ele ouviu, de repente. "Quem está falando?" "Seu chapéu: diga-me o que fazer e eu o farei!" Lúcio pediu a ele que realizasse as tarefas, e, quando o rei chegou, o jardim estava mais bonito do que nunca. E, assim, o odiado jardineiro foi mandado embora para sempre!

A PRINCESA DA LUA

Um conto de fadas japonês

61 — ### Parte I: O bebê no bambuzal

Numa noite, um fazendeiro que cortava bambu viu um brilho estranho vindo de um caniço fino e, ao abrir, encontrou uma menininha muito pequena, com olhos de jade e pele de porcelana. O homem e a esposa decidiram ficar com ela e deram-lhe o nome de Princesa Brilhante do Bambuzal Curvado. Desde aquele dia, o fazendeiro começou a encontrar pepitas de ouro nos caniços de bambu, e ele e a esposa se tornaram muito ricos. Enquanto isso, a pequena menina cresceu e se tornou uma jovem bela. Uma manhã, cinco príncipes apareceram para pedir sua mão em casamento. "O príncipe que passar no teste será meu marido", disse a Princesa Brilhante. Ela pediu ao primeiro príncipe que trouxesse a tigela cravejada de pedras preciosas localizada no templo sagrado; ao segundo, que trouxesse um ramo de árvore de ouro com folhas de prata; ao terceiro, que trouxesse a pele do rato de fogo que nunca se queima; ao quarto, que trouxesse a joia que estava na cabeça de um dragão feroz; e, ao quinto príncipe, que trouxesse a concha da andorinha.

62 — ### Parte II: Os pretendentes da princesa

O primeiro príncipe não encontrou a tigela, então trouxe uma semelhante, mas a princesa o mandou embora. Em vez de perder tempo procurando o galho de árvore dourado, o segundo príncipe fez um com joalheiros habilidosos, mas a menina soube que ele a havia enganado e o mandou embora. O terceiro trouxe a pele de um rato, mas, assim que a jogaram no fogo, ela se queimou até virar cinzas, então não era a certa. O quarto fugiu ao ver o dragão, enquanto o quinto quebrou a perna tentando alcançar o ninho da andorinha. Então, o imperador do Japão apareceu para pedir a princesa em casamento. "Não posso me casar com você," ela respondeu, "porque nasci na Lua e tenho que voltar para lá, mas tenho um presente para você." Assim, ela deu ao imperador um elixir que o tornaria imortal. Naquela noite, a Princesa Brilhante deu um tecido de ouro aos pais e se despediu deles enquanto chorava. Então, vestiu um vestido feito de penas brilhantes e subiu ao céu, voando suavemente em direção à Lua.

63 PROMETEU E O FOGO
Um conto mitológico grego

Zeus, governante do Olimpo, havia dado a Prometeu a tarefa de criar os seres humanos. Por isso, Prometeu sempre os apoiava. Durante um banquete com deuses e humanos, um enorme boi foi trazido à mesa. Zeus pediu a Prometeu que o dividisse em duas partes iguais: uma para os humanos e outra para os deuses. O titã escondeu a melhor parte da carne sob a pele e os ossos sob a gordura. Então pediu a Zeus que escolhesse. Naturalmente, o governante dos deuses respondeu: "Dê-me a parte com a gordura!", mas descobriu que ela continha apenas ossos e ficou tão irritado que se voltou contra os seres humanos, tirando-lhes o fogo. "Não poderemos mais cozinhar carne!", reclamaram, mas o deus foi inflexível. Então, Prometeu decidiu ajudá-los: ele se escondeu no palácio de Zeus, roubou uma faísca de fogo e a trouxe para a Terra.

64 A CAIXA DE PANDORA
Um conto mitológico grego

Zeus estava furioso com Prometeu e com os seres humanos porque eles haviam roubado o fogo. Então, planejou punir a ambos. Foi até o deus Hefesto, nas profundezas de um vulcão, e ordenou: "Você deve criar uma mulher bela a partir das chamas, e todos os deuses lhe concederão uma virtude". Hefesto obedeceu, e assim nasceu Pandora; seu nome significava "toda presente". Zeus a enviou a Epimeteu, irmão de Prometeu, que caiu na armadilha: ele se apaixonou pela moça e se casou com ela. Além de todos os presentes de casamento, Pandora trouxe para casa uma grande caixa, que Zeus lhe dera, com estas palavras: "Lembre-se de nunca abrir esta caixa!". Mas Pandora era muito curiosa e, assim que ficou sozinha em casa, levantou a tampa... De repente, todos os males do mundo saíram da caixa e se espalharam entre os seres humanos. Quando Pandora conseguiu fechá-la novamente, a caixa continha apenas uma coisa: esperança.

65 O SOL CATIVO
Uma lenda polinésia

O pequeno Maui havia sido abandonado à beira-mar pelos pais, que pensaram que ele estava morto, e foi criado pelo avô, um velho e sábio feiticeiro. Assim, Maui cresceu e se tornou um jovem com aparência peculiar, mas dotado de grandes poderes mágicos. Um dia, ele decidiu se despedir do avô e retornar para a mãe e os irmãos. Ao chegar em casa, percebeu que a família vivia uma vida muito difícil: todos trabalhavam do amanhecer ao anoitecer sem pausa, pois o sol atravessava o céu muito rapidamente. Então, o jovem Maui reuniu algumas cordas e esperou o amanhecer. Assim que o sol apareceu, Maui pediu a ajuda dos irmãos, e, juntos, eles prenderam a bola de fogo, impedindo-a de se mover. "Só vamos libertá-lo se você prometer diminuir a velocidade!", gritou Maui. Para ser libertado, o sol aceitou. A partir daquele dia, os habitantes da aldeia puderam finalmente trabalhar de forma mais tranquila, e Maui se tornou herói.

66 PRINCESA KWAN-YIN
Um conto de fadas chinês

Era uma vez uma bondosa princesa chamada Kwan-Yin. Um dia, seu pai adoeceu e lhe disse: "Não tenho muito tempo de vida. Desejo que se torne rainha e se case com o homem que escolhi para você". A jovem respondeu: "Não quero governar, prefiro ler e refletir sobre o mundo. E não quero me casar com um homem que não conheço". O rei não mudou de ideia, e, assim, a princesa fugiu. Ela chegou a uma fazenda, onde trabalhou sem revelar a verdadeira identidade. Uma manhã, Kwan-Yin encontrou um tigre na floresta. Em vez de atacá-la, o animal permitiu que a garota o acariciasse, e eles se tornaram amigos. O tigre era, na verdade, um espírito mágico, capaz de mostrar o futuro. Assim que Kwan-Yin viu o pai doente, voltou para casa e declarou: "Serei rainha, mas escolherei meu marido e passarei meu tempo fazendo o que amo". O pai respondeu: "Perdoe-me! E faça como desejar".

BRANCA DE NEVE E OS SETE ANÕES

Um conto de fadas dos Irmãos Grimm

67 — Parte I: A filha do rei

Um rei e uma rainha tiveram uma filha linda, com lábios vermelhos como cerejas, cabelos escuros como uma noite de inverno e pele branca como a neve. Por isso, decidiram chamá-la de Branca de Neve. Infelizmente, a rainha faleceu pouco depois do nascimento da bebê. Mais tarde, o rei casou-se com uma mulher muito bela, mas extremamente vaidosa, bastante invejosa da beleza de Branca de Neve. A madrasta possuía um grande espelho mágico e, todas as manhãs, perguntava: "Diga-me, espelho, quem é a mais bela do reino?". E o espelho respondia: "É você, minha rainha. Nenhuma mulher pode se comparar a você".

68 — Parte II: A resposta do espelho

Os anos se passaram, e a resposta continuava a mesma. Um dia, porém, o espelho surpreendeu a madrasta ao dizer: "Não é você, minha rainha. É Branca de Neve, que já não é mais uma criança, mas uma mulher". Dominada pela fúria, a madrasta mandou chamar o caçador da corte: "Capture Branca de Neve, leve-a para a floresta e a mate!". O caçador não teve escolha a não ser obedecer à ordem cruel da mulher. Mas, quando chegaram à floresta, ele não teve coragem de cumprir o ato. Então, deixou a menina em um local remoto e lhe disse que corresse e nunca mais voltasse.

69 — Parte III: A casa na floresta

Branca de Neve não precisou ser avisada duas vezes e correu a toda velocidade, aterrorizada. Correu até ficar sem fôlego e, no final, encontrou uma casinha cercada por árvores. Ela parou na soleira da porta e bateu. Ninguém respondeu. Mas a menina percebeu que a porta não estava trancada e decidiu entrar. Dentro, tudo parecia ser feito para crianças. Todo o mobiliário era minúsculo: a mesa da cozinha, as cadeiras, até os talheres! Branca de Neve, que estava cansada e com fome, comeu e bebeu, e depois foi para o andar de cima. Em um pequeno quarto, encontrou sete camas minúsculas, que pareciam muito confortáveis. A menina deitou-se nelas, fechou os olhos e caiu em um sono profundo.

70 Parte IV: A maçã envenenada

À noite, os sete anões, donos da casa, voltaram de um longo dia de trabalho nas minas, e Branca de Neve lhes contou sua triste história. "Por favor, deixem-me ficar aqui. Cuidarei de vocês!" Os anões concordaram, felizes: Branca de Neve era uma garota doce e gentil, e certamente eles apreciariam a companhia dela. Mas, enquanto isso, o espelho mágico informou à rainha que Branca de Neve ainda estava viva. Então, a bruxa preparou uma maçã envenenada e foi até a menina disfarçada de camponesa. "Ofereço-lhe uma de minhas deliciosas maçãs. Aceite-a." Assim que Branca de Neve deu uma mordida na maçã, ela caiu no chão como se estivesse morta. Quando os anões voltaram para casa, tentaram acordar Branca de Neve, mas foi em vão. Eles choraram e colocaram-na em um caixão de vidro, para que todos pudessem admirar sua beleza.

71 Parte V: A magia de um beijo

Um dia, um príncipe que passava por ali viu-a e disse: "Adoraria beijá-la. Ela tem um rosto tão bonito!". Então, ele abriu o caixão e a levantou em direção a ele: o pedaço da maçã envenenada caiu da boca de Branca de Neve, que abriu os olhos e sorriu. O príncipe pediu-lhe que se tornasse sua esposa, e eles foram juntos para seu palácio. Celebraram o casamento com os anões, e a madrasta ficou tão furiosa que se tornou feia, e ninguém a viu novamente.

72   O NARIZ DO ELEFANTE
Um conto de R. Kipling

Há muito tempo, quando os elefantes não tinham tromba, mas um pequeno nariz, havia um elefantinho curioso que sempre fazia muitas perguntas. No entanto, ninguém conseguia responder a uma pergunta: o que os crocodilos comem? "Se quer saber, vá até o rio Limpopo!", disse o tio Flamingo. Quando chegou ao rio, o elefantinho encontrou um grande crocodilo. "Com licença, você sabe o que os crocodilos comem?" "Sou um crocodilo", respondeu o outro, "e hoje vou comer um elefantinho!" E ele mordeu seu nariz. "Solte-me!", gritou o elefantinho, desesperado. Ele começou a puxar e puxar com mais força, até que finalmente se libertou. Quando voltou para casa, o elefantinho contou a todos sobre seu infortúnio, e, quando se tornou adulto, seus filhos, e os filhos de seus filhos, todos tinham um nariz tão longo quanto o dele, o qual chamaram de tromba.

73   A PEQUENA MARGARIDA
Um conto de fadas de H. C. Andersen

Uma pequena margarida floresceu nos campos ao longo de uma estrada da cidade. Ela tinha uma coroa de pétalas brancas como leite que circundava um rostinho doce, amarelo brilhante como a gema de um ovo. Ela abriu os olhos, esticou-se, virou sua corola para a esquerda e para a direita e... que surpresa! Do outro lado da estrada, viu uma linda mansão com um jardim luxuriante: havia tulipas esplêndidas com pétalas de veludo. "Elas são tão bonitas!", disse a pequena margarida, admirada. "Devem ser reis e rainhas, príncipes e princesas, duques e duquesas!" Por sua vez, as tulipas nem sequer lançaram um olhar para ela; estavam muito ocupadas em manter a cabeça erguida e o peito estufado. De repente, uma menina bonita saiu da porta da mansão e dirigiu-se às tulipas. Em poucos segundos, ela as cortou todas, fez um buquê e entrou. "Ainda bem que sou apenas uma simples flor selvagem!", pensou a pequena margarida e fechou os olhos para sentir o beijo do sol.

ALI BABÁ E OS QUARENTA LADRÕES

Um conto de *As mil e uma noites*

74 — Parte I: A caverna do tesouro

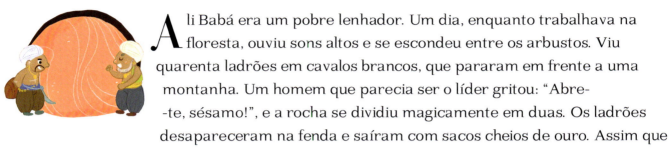

Ali Babá era um pobre lenhador. Um dia, enquanto trabalhava na floresta, ouviu sons altos e se escondeu entre os arbustos. Viu quarenta ladrões em cavalos brancos, que pararam em frente a uma montanha. Um homem que parecia ser o líder gritou: "Abre-te, sésamo!", e a rocha se dividiu magicamente em duas. Os ladrões desapareceram na fenda e saíram com sacos cheios de ouro. Assim que partiram, Ali Babá correu até a montanha e gritou: "Abre-te, sésamo!". E a rocha se dividiu novamente, revelando uma caverna cheia de tesouros. Ele colocou dois sacos de moedas de ouro em seu burro e voltou para casa, onde a esposa exclamou: "Finalmente podemos comprar uma casa bonita, muitas roupas e comida!". A partir daquele dia, Ali Babá e sua família começaram uma vida feliz, embora todos os aldeões comentassem sobre como eles tinham ficado ricos do nada.

75 — Parte II: Os quarenta jarros

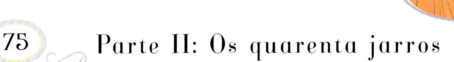

Os ladrões tinham percebido que alguém havia roubado o ouro, mas não tinham ninguém para culpar. Um dia, o líder dos ladrões ouviu dois homens conversando. "Ali Babá agora está tão rico que poderia comprar um palácio!" "É estranho, não é? Um dia ele era incrivelmente pobre e no outro é mais rico que o sultão!" O ladrão entendeu que Ali Babá havia roubado as moedas e decidiu recuperá-las. Ele se disfarçou de mercador e bateu à sua porta: "Preciso de um lugar para os trinta e nove jarros que vou vender amanhã na feira!". Ali Babá o deixou entrar, mas a esposa percebeu que os jarros continham homens prontos para atacá-los. Assim que todos foram dormir, ela despejou óleo por todo o chão. Quando os ladrões saíram dos jarros, escorregaram no óleo. Seus gritos chamaram a atenção dos guardas da aldeia, que passavam pela casa de Ali e prenderam os ladrões. Ali Babá, sua família e o segredo do tesouro da montanha estavam agora todos seguros.

HAILIBU, O CAÇADOR
Uma lenda mongol

76 — Parte I: O rei dos lobos

Era uma vez um corajoso caçador chamado Hailibu. Um dia, ele viu uma águia agarrando um filhote de lobo e alçando voo. Sem parar para pensar, pegou seu arco e disparou uma flecha na ave, e ela soltou o pequeno lobo. Alguns dias depois, Hailibu encontrou o filhote novamente e descobriu que ele podia falar: "Venha comigo. Meu pai, rei dos lobos, quer recompensá-lo. Ele lhe mostrará seu tesouro, mas diga apenas que deseja a pedra que ele tem na boca, nada mais". Assim, o filhote de lobo conduziu o caçador até a toca do pai, cheia de ouro e joias preciosas. "Escolha o que quiser", disse o lobo, e Hailibu respondeu: "Quero a pedra que você tem na boca". O animal pareceu um pouco surpreso e deixou a pedra cair aos pés do homem: "Você fez uma escolha muito sábia. Com esse amuleto, poderá entender a linguagem dos animais, mas não conte isso a ninguém ou se tornará pedra".

77 — Parte II: A estátua de pedra

A partir daquele dia, Hailibu tornou-se um arqueiro excepcional e capturou muitas presas para si e para sua tribo. Mas, numa noite, enquanto caçava um cervo, ouviu alguns pássaros piando excitadamente. "Corra!", diziam eles. "Um terremoto está chegando!". Sem perder tempo, Hailibu correu para sua aldeia, para avisar seu povo, mas ninguém acreditou nele. "Como você sabe que vai haver um terremoto?", perguntaram-lhe, e ele respondeu: "Os pássaros disseram". Todos riram, e um Hailibu desesperado foi forçado a confessar seu segredo: "Entendo a linguagem dos animais porque possuo o amuleto mágico que pertencia ao rei dos lobos". Naquele instante, o jovem se transformou em estátua de pedra, e as pessoas entenderam que ele havia falado a verdade. Eles correram a tempo e se salvaram, mas, desde aquele dia, visitam a estátua de Hailibu todos os anos para agradecer a ele seu sacrifício.

78 — O LEÃO, A HIENA E A RAPOSA
Um conto tradicional africano

Em uma terra selvagem, viviam três amigos: o leão, o mais forte dos animais; a hiena, que sempre ria porque acreditava ser a mais inteligente; e a raposa, que, na verdade, era a mais esperta. Uma noite, eles capturaram um macaco, uma lebre e uma gazela. O leão disse para a hiena: "Você vai dividir a comida hoje!". "Rá, rá, rá!", riu a hiena. "A lebre vai para a raposa, o macaco vai para você, e eu vou comer a gazela." O leão levantou a pata e lançou a hiena pelo ar. "Agora é sua vez!", disse ele para a raposa. "Estou errada ou é hora do café da manhã?", perguntou a raposa. "Você não está errada", respondeu o leão. "Então você comerá o macaco com manteiga e geleia. No almoço, terá gazela com fritas e lebre com chocolate. E, se quiser, pode me dar as migalhas que ficarão presas na sua juba." "Ótimo!", exclamou o leão. "Como você escolheu tão sabiamente?" "Bem, pensei na hiena, que você lançou pelo ar!".

79 — OS TRÊS FRUTOS
Uma história tradicional do Oriente Médio

Numa tarde de verão, um rei passeava pelos campos com seus servos, quando viu um homem muito idoso cavando um buraco para plantar uma oliveira. O soberano lhe perguntou: "Com a sua idade, em vez de descansar à sombra de uma árvore, por que está plantando uma sob o sol? E se você não viver o suficiente para ver seus frutos?". E o velho respondeu: "Majestade, neste mundo há pessoas que plantam e pessoas que colhem. Ambas são importantes! E quem disse que não vou viver o suficiente para ver os frutos?". O rei, impressionado com sua sabedoria, lhe deu um saco cheio de moedas de ouro. "Viu?", acrescentou o velho, rindo. "Este é o primeiro fruto!" O rei sorriu e lhe deu mais moedas. "Estou realmente com sorte!", exclamou o velho. "Minha árvore é diferente das outras. Ela dá frutos duas vezes por ano, em vez de uma!" Então o soberano lhe deu um terceiro saco de moedas e disse aos seus servos: "Precisamos voltar para o castelo! Caso contrário, ficaremos sem nada!".

VALDEMAR DAAE E SUAS FILHAS

Um conto de fadas de H. C. Andersen

80 Parte I: A madeira e os navios

Há muito tempo, havia um palácio onde um rico senhor chamado Valdemar Daae vivia com as três filhas: Johanne, Ide e Anne. Johanne era alta e andava orgulhosamente como uma rainha. Ide adorava correr enquanto o vento bagunçava seus cabelos castanhos. E havia Anne, a mais jovem, que tinha grandes olhos verdes e um coração bondoso. O senhor Daae era rabugento e adorava ser rico. Acumulava dinheiro e nunca dava nada aos outros. Um dia, ouviu que o país estava prestes a entrar em guerra. "Vou cortar a madeira da minha propriedade e construir o maior navio que já existiu. O rei certamente me pagará muito dinheiro por isso!" No dia seguinte, muitos madeireiros vieram derrubar as árvores.

81 Parte II: O destino das três irmãs

Estavam prestes a derrubar um enorme freixo, quando ouviram um grito. Era Anne: "Parem, há uma cegonha lá em cima com seus filhotes!". O pai poupou a árvore, mas não havia esperança para as outras: foram derrubadas, e um enorme navio de guerra foi construído na praia. O preço pedido era muito alto e nada adiantou: o navio permaneceu na costa, e os pássaros encontraram refúgio lá. O nobre, que gastara uma fortuna para construí-lo, teve que vender tudo o que possuía para pagar as dívidas. Restou-lhe apenas sua casa, onde as filhas continuaram a viver mesmo após sua morte. Um dia, Johanne confessou: "Quero ser marinheira". As outras duas gritaram: "Mas você é uma garota! Não a deixarão ser uma!". Johanne tirou seu chapéu: seus longos cabelos loiros haviam desaparecido. "Vou me disfarçar de menino!" E assim ela partiu. Ide e Anne casaram-se com dois camponeses e levaram uma vida simples. A cegonha que Anne salvara voltou e construiu um ninho, assim como sua filha e a filha de sua filha, enquanto a casa da família Daae continuou a existir.

82 OS MACACOS E O SINO
Um conto tradicional indiano

Um ladrão roubou um sino precioso e se escondeu na floresta, mas foi atacado por um tigre e, para se libertar, tirou seu casaco, o qual ficou preso nos galhos de uma árvore, enquanto ele fugia de mãos vazias. Alguns macacos desceram das árvores e começaram a tocar o sino, acordando os habitantes da cidade, que correram para ver que barulho era aquele. Como não sabiam de onde vinha o som e viram apenas um casaco pendurado, ficaram assustados: "A floresta é mal-assombrada!". Contudo, entre eles havia uma jovem chamada Karala, que era pobre, mas inteligente. Ela percebera que havia macacos nas árvores que sacudiam um objeto brilhante, então disse aos companheiros: "Deem-me algumas frutas e espantarei os espíritos!". Assim que lhe deram maçãs, uvas e laranjas, Karala as colocou sob as árvores. Os macacos desceram para comê-las e trouxeram consigo o sino. Então, a jovem o pegou e disse: "Pronto! Os espíritos se foram!".

83 A HISTÓRIA DO TROVÃO E DO RELÂMPAGO
Uma lenda africana

Há muito tempo, Trovão e Relâmpago viviam na Terra. Trovão era uma ovelha com balido profundo e estrondoso, enquanto Relâmpago era seu filho, um carneiro com lã dourada que nunca estava quieto e se irritava mil vezes ao dia. Quando Relâmpago perdia a paciência, setas de fogo saíam de sua lã e incendiavam árvores, celeiros, espantalhos... "Relâmpago, pare!", gritava a mãe, mas seus gritos ecoavam por todo lado, ensurdecendo os habitantes do vale. "Vocês devem ir para as montanhas!", ordenavam as pessoas. Mas isso não ajudava: Relâmpago incendiava pinheiros e cabanas de madeira, enquanto Trovão continuava a gritar: "Relâmpago, pare!". No final, mãe e filho foram forçados a se mudar para o céu. De lá, Relâmpago pode disparar suas setas flamejantes sem queimar nada. Bem, às vezes ele atinge uma árvore na Terra e ouvimos um balido distante, mas sabemos que é Trovão que está gritando para o filho: "Relâmpago, pare!".

A HISTÓRIA DE BAMBI

Um romance de Felix Salten

84 Parte I: O cervo nascente

Havia uma grande celebração na floresta naquela primavera! Entre grandes flores coloridas e plantas exuberantes, nasceu um esplêndido cervo chamado Bambi. Ele tinha grandes olhos castanhos e pelagem laranja e marrom com manchas brancas. Todos os animais correram até sua casa para recebê-lo! O coelho se aproximou timidamente e o cheirou; o gambá lhe fez cócegas com sua cauda macia e fofinha; os esquilos cantaram músicas alegres em sua homenagem; e até o porco-espinho, conhecido pela preguiça, decidiu sair da toca para vê-lo.

85 Parte II: Os caçadores

A mãe de Bambi lhe ensinara a andar e a reconhecer os mil sons da floresta. Assim, o cervo passava os longos dias com os novos amigos e adorava vagar pela mata. Ele a explorava com todos os outros pequenos animais e mal podia esperar para descobrir todos os seus segredos: as borboletas coloridas que voavam alegremente, os rios que corriam animadamente, e as árvores que filtravam a luz quente do sol. Mas o inverno chegou e trouxe consigo o frio e a neve, mas também caçadores com grandes rifles.

86 Parte III: Um despertar triste

Em um dia terrível, enquanto Bambi caminhava feliz com a mãe, um dos caçadores, escondido atrás de um arbusto, a matou. Bambi ficou desesperado e não sabia o que fazer, então correu para a parte mais escura da floresta e se perdeu. "O que vou fazer sem minha mãe? Nunca vou conseguir!", pensou, chorando. Ele andou e andou, sem encontrar o caminho de volta para casa, e então adormeceu, exausto. Quando acordou, viu-se cercado por todos os cervos de seu rebanho, com o coelho, o gambá, os esquilos e o porco-espinho, que haviam dado o alarme. "Você não está sozinho", todos o consolaram. "Estamos aqui para você!"

87 Parte IV: Faline

Dias, semanas e meses se passaram. Pouco a pouco, a profunda tristeza de Bambi desapareceu, e outra primavera maravilhosa, com suas cores e cheiros cativantes, chegou pontualmente. Enquanto vagava pela floresta, como de costume, Bambi fez amizade com uma bela corça de pernas longas e esguias e olhos pretos brilhantes. Seu nome era Faline. Todos os dias, Bambi passava o tempo brincando e correndo com a nova amiga. Estava despreocupado, mas também havia aprendido a evitar perigos e a conseguir comida. Num piscar de olhos, Bambi cresceu e se tornou um majestoso e belo veado.

88 Parte V: O grande incêndio

Numa noite, enquanto observava as estrelas com Faline, Bambi ouviu gritos e viu chamas altas queimando a floresta, agora coberta por uma enorme nuvem negra de fumaça. "Devo salvar meus amigos!", pensou, preocupado. Ele saltou para o fogo e reuniu os animais aterrorizados para guiá-los em direção ao rio. Deixou os mais jovens subirem em suas costas e foi de uma margem à outra, até que todos estivessem a salvo. Por sua bravura, foi eleito chefe de todas as criaturas da floresta e casou-se com Faline. Eles tiveram um cervo tão corajoso quanto Bambi, e todos viveram felizes e em paz para sempre.

89 O URSO E AS DUAS LONTRAS
Um conto folclórico tradicional budista

Um grupo de ursos vivia em uma floresta. Um dia, os filhotes reclamaram: "Papai, estamos cansados de comer frutas silvestres! Queremos peixe!". Papai urso correu até o rio pensando: "O que vou fazer? Não sei pescar!". Finalmente, chegou ao rio e viu duas lontras que haviam pegado um peixe enorme. "Quero a cabeça!", disse uma delas. "Não, você vai ficar com a cauda!", respondeu a outra. Então, as lontras avistaram o urso. "Olá, urso! Vai nos ajudar a dividir nossa caça?" "Claro!", respondeu o urso. Com a pata, ele cortou o peixe em três partes: cabeça, cauda e parte central. Então, cortou a cabeça e a cauda em duas partes e deu uma metade para cada lontra, enquanto ficou com a parte central para si. Quando o papai urso mostrou o peixe para a esposa, ela olhou, desconfiada, e perguntou: "Como você pegou isso?". "Ajudei duas lontras, e esse é o meu prêmio!", ele respondeu.

90 A TEIA DE ARACNE
Um conto mitológico grego

Há muito tempo, na Grécia, vivia uma jovem chamada Aracne. Ela era extremamente habilidosa na arte de tecer e criava tecidos com padrões maravilhosos. Pessoas de terras distantes vinham admirar seu trabalho, e um dia uma mulher lhe perguntou: "Foi Atena, a deusa das artes, quem lhe ensinou a tecer?". "Claro que não!", respondeu Aracne. "Ela é quem deveria aprender comigo!" Então, ela olhou para o céu e disse: "Desafio você, Atena, para que todos vejam quem é a melhor!". A deusa foi até ela disfarçada de uma velha, para tentar fazer com que mudasse de ideia: "Minha querida, não seria melhor se você deixasse os deuses em paz? Satisfaça-se em ser a melhor entre os humanos!". "Não!", respondeu Aracne, teimosamente. "Sou melhor que Atena e quero provar!" Assim, a deusa e a jovem competiram uma contra a outra, e Aracne venceu. Mas, como ousara desafiar uma deusa, Atena a transformou em aranha, condenando-a a tecer teias para sempre.

AS FLORES DA PEQUENA IDA

Um conto de fadas de H. C. Andersen

91   Parte I: O segredo das flores

A pequena Ida adorava cuidar de flores e plantas. Um dia, entrou na cozinha para regar suas flores e... "Oh, não! O que está acontecendo?", disse, preocupada. "As primaveras que colhi ontem têm pétalas murchas, e as corolas estão viradas para baixo!" "Bem, elas devem estar cansadas!", respondeu seu primo, um garoto que parecia saber tudo sobre tudo. "Cansadas? Cansadas de quê? Não entendo. Elas ficam no vaso o tempo todo!" "Tem certeza?", perguntou o menino, sorrindo com ar misterioso. "O que ele quis dizer?", perguntou-se Ida, perplexa. A pequena não sabia o que fazer a princípio, então decidiu levar o vaso para o quarto, para cuidar das flores e fazê-las ficar frescas e luxuriantes novamente. Ela se deitou na cama, cantou uma canção para as flores, soprou-as para aconchegá-las e adormeceu.

92   Parte II: A dança das primaveras

Mas a pequena Ida não dormiu por muito tempo. Acordou à meia-noite e abriu os olhos lentamente, ainda meio adormecida. Então, ouviu uma doce música distante. Ida se levantou e olhou para a mesa de cabeceira, onde colocara o vaso: as flores haviam desaparecido! "Onde elas estão?", ela murmurou. Decidiu seguir a música e foi até a porta da sala. Quando a abriu, ficou maravilhada com o que viu: um lírio amarelo tocava piano, enquanto mil pares de flores coloridas, incluindo suas primaveras, dançavam leve e alegremente no ar. Danças em grupo, valsas, e assim por diante. As flores eram dançarinas incríveis! Ida continuou as observando, fascinada com os movimentos elegantes das flores. Quando a dança terminou, as flores se curvaram e se despediram. Ida correu de volta para a cama e, antes de adormecer novamente, espiou suas flores: as primaveras haviam retornado ao vaso e suspiravam, felizes.

93 COMO O CAMELO CONSEGUIU SUA CORCOVA
Um conto de R. Kipling

No início do mundo, todas as espécies de animais trabalhavam duro, exceto o camelo, que apenas comia folhas. Na segunda-feira, o cavalo se aproximou dele: "Camelo, o que está fazendo aqui? Venha galopar". Ele respondeu: "*Humph*" e continuou mastigando. Na terça-feira, o cachorro se aproximou: "Camelo, o que está fazendo aqui? Venha caçar!". Mas o camelo olhou para ele e disse: "*Humph*". Na quarta-feira, foi a vez do boi, que disse: "Camelo, o que está fazendo aqui? Venha arar!". O camelo o ignorou e, virando as costas, respondeu: "*Humph*". Então, os seres humanos disseram aos animais que, já que o camelo não queria trabalhar, teriam que fazer o trabalho dele também. Todos os animais foram até o Djinn de Todos os Desertos para protestar, e o Djinn chamou o camelo. "Por que você não faz nada o dia todo?" A única resposta foi: "*Humph*!". Então, o Djinn fez uma corcova crescer em suas costas. "Aqui está o seu *Humph*. Agora, comece a trabalhar." O camelo obedeceu e, desde aquele dia, tem corcova, embora continue muito mal-educado.

94 KAYA TRAZ A PRIMAVERA
Uma lenda dos nativos americanos

Há muito tempo, nas vastas planícies da América, vivia uma pequena menina chamada Kaya. Seu povo estava à beira da fome havia meses, pois a primavera, a estação que trazia a chuva e as colheitas abundantes, ainda não havia chegado. Então, o líder da tribo chamou um xamã que podia falar com as forças da natureza. O xamã isolou-se e, depois, lhes disse: "Os deuses estão zangados conosco! Precisamos acender uma grande fogueira e jogar nela as coisas que mais estimamos". Kaya pensou na amada boneca e ficou preocupada. A avó lhe dera a boneca, e ela a levava para todos os lugares. Mas, então, ela viu a mãe jogar seu colar favorito nas chamas, e seus irmãos, a pena de águia dourada e o arco feito pelo pai. Assim, reuniu coragem e deixou a boneca cair no fogo. No dia seguinte, uma chuva fresca e suave caiu. Ela agradeceu à boneca e entendeu que havia feito a coisa certa.

95 · A PANELA MÁGICA

Um conto de fadas dos Irmãos Grimm

Em uma pequena casa viviam uma mãe e a filha. Elas eram muito pobres e não tinham muito o que comer. Certa manhã, a menina encontrou uma velha, que disse: "Vou lhe dar um presente", e uma panela apareceu. "Quando quiser comer, diga: 'Cozinha, panelinha, cozinha'. E, quando tiver terminado, diga: 'Pare, panelinha, pare de cozinhar'." A menina agradeceu e correu para casa. No dia seguinte, a mãe mandou a panela cozinhar. Quando obteve porção suficiente de mingau, a mulher disse: "Pare, panelinha, pare!", mas a panela não parou, e o mingau inundou toda a cidade! Quando a menina voltou da escola, gritou: "Pare, panelinha, pare de cozinhar", e a panela obedeceu. No entanto, a partir desse momento, na cidade, era proibido até mesmo pronunciar a palavra "mingau".

96 · A FOLHA DO CÉU

Um conto de fadas de H. C. Andersen

Um dia, uma folha da flor do paraíso caiu do céu e acabou na floresta, onde se transformou em uma planta. Mas o cardo e a urtiga lhe disseram: "Você é tão estranha!", "Veja suas folhas, você deve ser uma planta de jardim!", "Vai parar de crescer? Está ocupando todo o nosso espaço!". No inverno, a neve brilhava sobre ela como orvalho cintilante, e, na primavera, sua folhagem apresentava corolas maravilhosamente perfumadas. "Não há outra planta como esta!", disse um botânico que passava por ali e escreveu livros sobre ela. Um dia, o rei foi tomado por uma tristeza misteriosa. "Há apenas uma esperança!", revelou um sábio. "Uma planta especial. Suas folhas vão curá-lo." Todos correram para a floresta, mas encontraram um pastor, que disse: "Deve ser aquela planta estranha que minhas ovelhas comeram ontem!". O rei partiu em uma jornada ao redor do mundo em busca de uma planta como aquela, e, assim, a tristeza finalmente o deixou.

A PEQUENA SEREIA

Um conto de fadas de H. C. Andersen

97 Parte I: A princesa do mar

Nas profundezas do mar vivia uma linda sereia. Ela tinha longos cabelos roxos e olhos azuis cintilantes. Era a filha favorita do Rei do Mar, porque era boa e inteligente. Mas a menina tinha um sonho secreto: conhecer o mundo dos seres humanos. Então, no dia em que completou quinze anos, o pai lhe deu permissão para ir à superfície. A pequena sereia nadou e nadou, até que finalmente surgiu das ondas. A primeira coisa que viu foi um grande navio. Ela se aproximou com um movimento de cauda e, pela escotilha incrustada de sal seco, viu que havia um príncipe bonito a bordo. A pequena sereia o observou por um bom tempo e percebeu que estava desesperadamente apaixonada por ele.

98 Parte II: A tempestade

De repente, uma terrível tempestade se abateu: as ondas ficaram cada vez mais altas, o mar tornou-se cada vez mais agitado, e, no final, o navio do príncipe afundou com toda a tripulação. A pequena sereia não hesitou e mergulhou em direção ao rapaz antes que ele pudesse se afogar. Pegou o príncipe, inconsciente, nos braços e o arrastou para a beira da praia. Então, voltou para a água, bem na hora em que uma jovem chegou: "Venham aqui!", disse a moça aos amigos enquanto corria em direção ao jovem. O príncipe abriu os olhos e sorriu para a jovem que pensava ser sua salvadora.

99 Parte III: A Feiticeira do Mar

Enquanto isso, a pequena sereia havia retornado ao seu castelo subaquático, mas não conseguia esquecer o belo príncipe. Pensava nele dia e noite e estava inconsolavelmente triste. Como poderia encontrá-lo novamente? Ela era uma criatura do mar, tinha uma cauda! Certamente não poderia andar em terra com o amado.

Ela passou muito tempo refletindo sobre esse problema e, então, dominada pela saudade, tomou uma decisão arriscada: "Vou pedir à Feiticeira do Mar que me transforme em humana!". A feiticeira a recebeu em sua morada e atendeu ao seu desejo, mas pediu sua voz em troca.

100 Parte IV: No castelo do príncipe

Radiante de felicidade, a pequena sereia nadou rapidamente até a superfície com suas novas pernas humanas. Mas, quando chegou à praia de uma pequena ilha, sentiu-se perdida. Não sabia como encontrar o amado! Ela se sentou na areia para pensar e, depois de um tempo, viu alguém se aproximando... sim, era ele! Seu príncipe! Confundindo-a com uma vítima de naufrágio, o jovem a levou para seu castelo e, mesmo sem ela poder falar, passaram muito tempo juntos, e o príncipe se afeiçoou a ela como se fosse sua irmã. Após algum tempo, o rei de um reino vizinho e a filha vieram para uma visita. O príncipe a reconheceu imediatamente: era a estranha que o encontrara na praia.

101 Parte V: O casamento do príncipe

Sem hesitar, o jovem príncipe pediu a princesa em casamento, e a cerimônia ocorreu no dia seguinte, em um maravilhoso navio ricamente decorado. Durante as celebrações, a pequena sereia estava a olhar para as ondas com o coração cheio de tristeza. Havia perdido toda a esperança de conquistar o coração do amado. Antes de transformá-la em humana, a Feiticeira do Mar lhe dissera que, se o príncipe não a amasse de volta, ela não poderia permanecer humana nem se transformar novamente em sereia. Com isso em mente, a jovem mergulhou nas águas e se transformou em espuma do mar. Então, uma brisa a envolveu e a levou para entre as nuvens, onde encontrou um lugar de paz e serenidade. Embora seu amor não tivesse sido correspondido, a pequena sereia encontrou consolo na beleza do céu e no conforto de saber que, ao final, sua pureza e coragem não foram em vão.

102 A HISTÓRIA DO MORCEGO
Um conto tradicional africano

Um morcego sempre pedia emprestadas as coisas mais estranhas: um suéter à cabra, um roupão ao hipopótamo... Um dia, recebeu um convite para uma festa do príncipe dos morcegos. Não sabia o que vestir, então foi até a Mãe Terra: "Você tem um chapéu para mim?". A Mãe Terra lhe deu um chapéu feito de teias de aranha. O morcego voou até o Deus do Céu: "Você tem sapatos para me emprestar?". O deus lhe deu sapatos feitos de flocos de nuvem. Quando o morcego voltou da festa, ouviu um trovão: era o Deus do Céu, que queria de volta seus sapatos. Enquanto voava em direção a ele, o morcego ouviu a Mãe Terra reclamar: "Traga o chapéu para mim imediatamente, eu o ajudei primeiro!". O morcego, então, começou a voar com a cabeça para baixo e as pernas apontando para o céu, para devolver o chapéu e os sapatos ao mesmo tempo. Descobriu que essa posição era muito confortável e, desde então, sempre descansa de ponta-cabeça.

103 HERMES E O LENHADOR
Uma fábula de Esopo

Um dia, o deus Hermes ouviu um lenhador reclamando: "Minha serra caiu no rio! Como vou ganhar a vida agora?". O deus, com pena do homem, mergulhou na água e saiu com uma serra de ouro. Ele a entregou ao lenhador, que disse: "Essa não é minha". Hermes mergulhou novamente no rio e saiu com uma serra de prata. "Essa também não é minha", murmurou o lenhador. O deus finalmente encontrou a serra do homem, que exclamou: "Sim, essa é minha!". Impressionado com sua honestidade, Hermes lhe deu tanto a serra de prata quanto a de ouro. O lenhador correu para contar aos amigos o que havia acontecido. Um deles, esperando ter a mesma sorte, jogou sua serra no rio e clamou: "Ai de mim, o que farei agora?". Hermes apareceu imediatamente, mergulhou na água e saiu com uma serra de ouro. "Essa é minha!", sorriu o homem. O deus, então, disse: "Por causa de sua desonestidade, você perderá ambas as serras". E assim foi, e o homem ficou completamente sem nada.

104 POR QUE OS CACHORROS TÊM NARIZ PRETO? *Uma lenda africana*

Quando os cachorros ainda costumavam subir em árvores, um deles fez amizade com o macaco. Juntos, trabalharam arduamente para construir uma linda horta. Uma noite, o cachorro ouviu barulhos, acordou e descobriu que o macaco estava, secretamente, comendo os vegetais. Latindo como só os cachorros sabem fazer, ele se lançou sobre o macaco e lhe deu uma boa surra. O macaco correu para o rio, mas o cachorro o alcançou e lhe deu outra surra. Então, o primata subiu em uma árvore, mas o cachorro o pegou e continuou a bater nele. Foi quando os deuses perderam a paciência: "Você ainda não se acalmou, cachorro? Já puniu o macaco! E, ainda assim, continua atormentando-o! Por causa do seu mau temperamento, você não subirá mais em árvores!". Então, jogaram um pedaço de carvão nele, o qual caiu exatamente em seu nariz. É por isso que os cachorros têm nariz preto e não sobem mais em árvores.

105 O ESTILINGUE DE DAVI
Uma história bíblica

Era uma vez um menino chamado Davi. Ele passava o tempo tocando lira e atirando com seu estilingue, e nunca errava! Mas, um dia, os trompetes dos soldados do rei soaram por toda parte: um exército de invasores estrangeiros estava marchando em direção à sua terra. Os inimigos desafiaram o rei: "Seu guerreiro mais forte enfrentará Golias, nosso campeão. O vencedor garantirá a vitória para seu povo". O gigante parecia invencível, mas Davi avançou, destemido, armado apenas com o estilingue e uma pedra. Golias zombou dele: "É esse o guerreiro que vai me derrotar?". Estava tão ocupado rindo que não percebeu que Davi já estava com o estilingue pronto a lançar a pedra. *Puf*! Um único disparo, direto na testa do gigante, foi o suficiente para derrubá-lo. Os invasores recuaram, e Davi foi carregado em triunfo pela cidade.

KAMAR E BUDUR

Um conto de As mil e uma noites

106   Parte I: A fada e o gênio

A bela princesa chinesa Budur e o príncipe persa Kamar al-Zaman viviam em dois reinos muito distantes. Ambos se recusavam a se casar, então os pais os trancaram em uma torre, até que mudassem de ideia. Numa noite, uma fada, afeiçoada a Kamar e que também conhecia a princesa, ordenou a um gênio que levasse Budur, adormecida, ao palácio do príncipe. Quando Kamar acordou e viu a linda estranha, decidiu que se casaria com ela e trocou seu anel pelo da princesa em sinal de seu amor. Em seguida, voltou a dormir. Budur também acordou e, ao ver o belo príncipe e o anel em seu dedo, sorriu e voltou a adormecer, feliz. Mas o gênio teve que trazê-la de volta à China ao amanhecer. Longe um do outro, Kamar e Budur logo ficaram melancólicos e adoeceram.

107   Parte II: O velho sábio

A situação estava cada vez pior, e os pais de Budur e Kamar não sabiam o que fazer para fazê-los sorrir novamente. Um dia, um homem sábio que viajara pelo mundo inteiro chegou ao palácio da Pérsia. "Senhor, ouça-me. Seu filho tem a mesma doença que a princesa da China", revelou o homem, que não perdeu tempo e pediu que o levassem até a princesa imediatamente. Após uma longa viagem, Kamar finalmente chegou à China. O jovem foi conduzido à presença de Budur e, assim que se viram, ambos se curaram instantaneamente e riram com alegria. Seus pais, então, organizaram uma festa de casamento maravilhosa, com fogos de artifício, doces de todos os tipos e decorações extravagantes. E, assim, graças ao conhecimento do sábio, Budur e Kamar viveram uma vida longa e feliz juntos, nunca passando um dia separados.

108 JOÃO DE FERRO
Um conto de fadas dos Irmãos Grimm

Um dia, um soldado encontrou um gigante de aparência assustadora, mas de bom coração. "Vou levá-lo ao meu rei, para que o sirva!", disse o rapaz. Mas, quando chegaram ao palácio, o gigante foi trancado em uma jaula, então o soldado o ajudou a escapar. O gigante lhe disse: "Obrigado! Se algum dia precisar da minha ajuda, grite meu nome, que é João de Ferro!". Algum tempo depois, o soldado foi enviado para a guerra e, encontrando-se em apuros, gritou: "João de Ferro!". Muitos soldados apareceram e o ajudaram a derrotar os inimigos. Quando ele voltou para casa, o rei o convocou: "Como recompensa por sua coragem, você se casará com minha filha!". Todos os reis vizinhos compareceram ao casamento: um deles era João de Ferro. "Um feitiço me transformou em gigante. Sua amizade me fez voltar a ser humano novamente." E ele deu ao soldado uma montanha de ouro como presente de casamento.

109 A FEITICEIRA DO INVERNO
Um conto de fadas búlgaro

Era uma vez uma aldeia na qual as estações passavam tranquilamente. Mas, naquele ano, o frio parecia não ter fim. "É culpa da Feiticeira do Inverno!", diziam os habitantes. "Precisamos ir até o Pai Inverno, no topo da montanha". "Eu irei", disse uma menina com cabelos tão claros que pareciam feitos de neve. "Você vai congelar", gritaram os adultos, mas ela respondeu: "O amor da minha mãe vai me aquecer, mesmo que ela não esteja mais aqui". Ela estava tão determinada que a deixaram partir. Mas, no caminho, a Feiticeira do Inverno lançou um feitiço sobre ela, fazendo com que adormecesse. Os animais da floresta correram até ela e a aqueceram com suas peles. Quando acordou, a menina voltou ao caminho e, ao chegar ao Pai Inverno, implorou: "Você precisa nos ajudar!". Ele levantou seu bastão mágico e prendeu a Feiticeira do Inverno dentro da montanha: naquele momento, um raio de sol iluminou a aldeia, anunciando a chegada da primavera.

O POLEGARZINHO
Um conto de fadas de C. Perrault

110 — Parte I: As pedrinhas brancas

Há muito tempo, numa pequena aldeia, vivia um pobre lenhador com a esposa e os sete filhos. O mais novo chamava-se Polegarzinho, porque era tão pequeno quanto um polegar. Uma noite, o homem chamou a esposa de lado e sussurrou para ela: "Minha querida, devo confessar que não temos mais comida para as crianças nem para nós. Não sei o que fazer. Talvez, se deixarmos as crianças na floresta, uma alma generosa as acolha e as alimente". Polegarzinho, que havia ouvido tudo, teve uma ideia e correu para fora de casa para coletar muitas pequenas pedrinhas brancas. Quando o pai levou os filhos para a floresta e os deixou lá, Polegarzinho seguiu as pedrinhas que havia espalhado pelo caminho e conduziu todos de volta ao lar.

111 — Parte II: O ogro malvado

Mas o lenhador não desistiu do seu plano e os abandonou de novo. Infelizmente, dessa vez, as crianças não conseguiram encontrar o caminho de volta para casa, porque Polegarzinho havia espalhado migalhas de pão, e os pássaros, famintos, as haviam comido todas. No entanto, o menino não perdeu a coragem e decidiu subir em uma árvore alta. "Nossos problemas acabaram! Vejo uma casa!", exclamou. Então, todas as crianças partiram, e, quando chegaram à pequena casa, uma mulher abriu a porta e disse imediatamente: "Fujam enquanto ainda podem! Meu marido é um ogro. Se ele os encontrar, engolirá vocês como uvas". Polegarzinho insistiu, e, movida pela compaixão, a mulher deixou-os entrar.

112 — Parte III: As botas mágicas

A mulher serviu a todos tigelas de sopa, e as crianças, satisfeitas, mas cansadas, se esconderam em um grande armário, pensando que o ogro não as encontraria. À noite, o ogro voltou para casa e, assim que entrou, começou a farejar o ar com olhar

54

atento. "Sinto um cheiro estranho", resmungou ele, coçando a cabeça. "O que pode ser?" O ogro continuou vagando pela casa até se aproximar do armário e abri-lo. "Aqui estão umas crianças saborosas!" Polegarzinho e os irmãos fugiram, enquanto o ogro os perseguia com suas botas mágicas, rápidas como o vento.

113   Parte IV: O tesouro do ogro

Mas, depois de um tempo, cansado de correr a toda velocidade, o ogro decidiu parar debaixo de uma árvore e descansar um pouco. Assim que adormeceu, Polegarzinho se aproximou silenciosamente, tomando cuidado para não acordar o gigante, e levou suas botas com a ajuda dos irmãos. Ele correu até a esposa do ogro, mostrando as botas pretas, e gritou: "Senhora! Senhora! Seu marido foi sequestrado por bandidos! Querem todo seu ouro e suas joias; caso contrário, não terão piedade e o transformarão em carne moída!". Assim, a mulher, assustada e preocupada, entregou seu tesouro a Polegarzinho.

114   Parte V: De volta para casa

O astuto Polegarzinho pegou o saco cheio de moedas e pedras preciosas e, seguindo um caminho conhecido, voltou para casa com os irmãos. Os pais os abraçaram com lágrimas nos olhos. A partir daquele dia, a família viveu feliz e nunca mais passou fome. Eles nunca se separaram novamente e enfrentaram as dificuldades juntos. Graças às botas mágicas, Polegarzinho tornou-se o mensageiro mais famoso e admirado do reino, pois não havia lugar, por mais distante e difícil de alcançar, em que ele não pudesse chegar num piscar de olhos.

115 A GIRAFA VAIDOSA
Um conto tradicional africano

Na África, vivia uma girafa mais alta que as outras e que não tinha manchas na pelagem. Todos os animais a admiravam, e ela começou a achar que era melhor que todos os demais: se alguém lhe dava um presente, ela não agradecia, e, se alguém lhe fazia uma pergunta, ela não respondia. Então, um macaco decidiu lhe dar uma lição. "É verdade que você pode fazer qualquer coisa?" "Claro!", respondeu a girafa. "Você poderia pegar aquelas tâmaras lá em cima para mim?" "Só isso?", ela respondeu, com altivez. Ela esticou o pescoço o máximo que pôde, mas não conseguiu alcançar as tâmaras. Então, ficou na ponta dos pés e tentou alcançar as frutas com a língua. O macaco correu e subiu nas costas dela, pegando o fruto. "Todos nós precisamos da ajuda uns dos outros", disse ele, oferecendo-lhe uma tâmara. E, a partir daquele dia, a girafa sempre foi humilde e gentil.

116 O LOBO DOUTOR
Uma fábula de Esopo

Um burro pastava em um prado quando viu um lobo se aproximando. "Aí vem problema!", pensou, preocupado. "Melhor eu pensar em alguma coisa!" Ele encontrou o lobo no meio do caminho, fingindo mancar. "Pelo amor de Deus!", disse o lobo, "o que aconteceu com você?" "Não se preocupe! Estou tendo um dia muito ruim!" "Conte-me tudo!", respondeu o lobo. "Pisei em um espinheiro e agora tenho um espinho no pé", mentiu o burro. "Deve estar doendo!", disse o lobo, fazendo uma careta. "Você poderia me ajudar a tirá-lo? É para o seu próprio bem. Se você me comer, poderá espetar sua língua." O burro esticou a perna traseira, o lobo se aproximou e… pá! O burro deu-lhe um coice tão forte que o lobo deu vinte e seis piruetas antes de aterrissar na grama. Ele se levantou, todo machucado, e disse: "Isso é o que ganho por querer fazer o trabalho dos outros! Sou açougueiro, não médico!".

117 REI MIDAS E O OURO
Um conto mitológico grego

Certa noite, o rei Midas foi acordado por barulhos estranhos. "Quem se atreve a me incomodar?" Ele encontrou um sátiro, uma criatura metade homem e metade cabra, que cantava a plenos pulmões. Midas não ficou zangado porque o reconheceu: era Sileno, mentor de Dionísio, deus do vinho. O rei o acolheu por alguns dias e depois o devolveu ao deus: "Obrigado por sua bondade, quero recompensá-lo". Então, Midas disse: "Gostaria que tudo o que eu tocasse se transformasse em ouro". Dionísio atendeu seu desejo. No caminho de volta, o rei tentou tocar uma pedra, que se transformou em ouro. Ele ficou nas nuvens, mas na hora do jantar percebeu que não conseguia comer: tudo se transformava em ouro! Ele correu até Dionísio e implorou para que retirasse seu presente maravilhoso, mas muito perigoso.

118 A ORIGEM DO SOL
Uma lenda aborígene

Há muito tempo, o mundo era povoado apenas por aves gigantes e bestas enormes. Talvez por isso as aves estivessem sempre nervosas e se zangassem sem motivo. Um dia, o emu e a cegonha discutiram, e esta última lançou o ovo daquele para o céu. O ovo se quebrou contra um pedaço de madeira que Manawi, o bom espírito, havia empilhado em uma nuvem, para construir uma jangada voadora. A gema cobriu a madeira e a incendiou. Uma luz brilhante iluminou a Terra, fazendo todas as cores brilharem. Então, Manawi decidiu acender o fogo todos os dias para as criaturas da Terra. Mas elas nunca acordavam a tempo de vê-lo. Então, Manawi sentou-se em sua nuvem para encontrar uma solução. De repente, o riso estrondoso do galo o fez pular. "Essa é a solução!", disse Manawi. A partir daquele dia, ao amanhecer, o galo canta para avisar as pessoas de que o espetáculo do nascer do sol está prestes a começar.

VALENTE VICKY
Um conto tradicional indiano

Todo mundo zombava de Vicky por ele ser pequeno e delicado, mas ele jurou: "Serei um grande homem!". Ele partiu e acabou em uma cidade onde um enorme elefante estava assustando os habitantes. Ele foi até o rei: "Vou resolver isso!". No entanto, ao ver o grande animal, Vicky fugiu, aterrorizado. Então, uma abelha picou a tromba do elefante, matando-o na hora. "Problema resolvido!", disse Vicky ao governante, o qual o recompensou generosamente. Depois de um tempo, uma pantera faminta começou a devorar toda a comida da cidade. "Vou resolver isso!", exclamou Vicky, mas, quando se viu cara a cara com a fera selvagem, subiu em uma árvore. De lá de cima, sua faca caiu sobre a pantera, matando-a. "Problema resolvido!", disse Vicky, que foi nomeado conselheiro. Quando o exército inimigo atacou a cidade, Vicky foi nomeado general, mas estava muito assustado e decidiu fugir. Estava atravessando o acampamento inimigo, quando tropeçou e fez um grande barulho. Os inimigos, meio adormecidos, acharam que estavam sendo atacados e acabaram se ferindo entre si. "Problema resolvido!", exclamou Vicky, que se tornou herói nacional.

AS TRÊS ROMÃS
Um conto de fadas italiano

Um príncipe zombou de uma bruxa e acabou recebendo uma maldição: "Você será infeliz até encontrar uma garota branca como o leite e vermelha como o sangue". O jovem partiu em busca da misteriosa garota e levou consigo um lenço mágico que sua fada madrinha lhe havia dado. Mas ele se esqueceu de levar provisões. Então, parou debaixo de uma árvore de romãs para comer um de seus frutos. Quando abriu o primeiro, uma garota com cabelos escuros saiu de dentro e disse: "Estou com sede!", mas ele não tinha água, e a romã se fechou novamente. Ele pegou outro fruto, e uma garota loira saiu dele: "Estou com fome!". O príncipe não conseguiu lhe satisfazer, e, assim, a segunda romã se fechou. Uma garota branca como o leite e vermelha como o sangue saiu do terceiro fruto: "Minhas irmãs e eu fomos aprisionadas por uma bruxa", ela lhe contou. Então, o príncipe enrolou as três romãs em seu lenço, libertando as meninas da maldição. E ele se casou, feliz, com a terceira garota.

OS MÚSICOS DE BREMEN

Um conto de fadas dos Irmãos Grimm

121 Parte I: Novos amigos

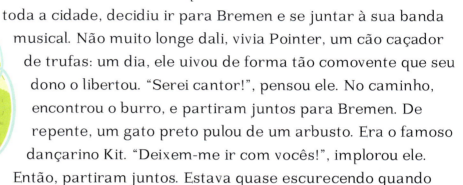

Era uma vez um velho burro chamado Trigo, que trabalhava em um moinho e carregava pesadas sacas de farinha. Ele nunca tinha visto o mundo e, como tinha o mais potente relincho de toda a cidade, decidiu ir para Bremen e se juntar à sua banda musical. Não muito longe dali, vivia Pointer, um cão caçador de trufas: um dia, ele uivou de forma tão comovente que seu dono o libertou. "Serei cantor!", pensou ele. No caminho, encontrou o burro, e partiram juntos para Bremen. De repente, um gato preto pulou de um arbusto. Era o famoso dançarino Kit. "Deixem-me ir com vocês!", implorou ele. Então, partiram juntos. Estava quase escurecendo quando viram um galo caído no meio da estrada. "Acho que ele está morto!", disse o cão. "Está me ouvindo?", relinchou o burro em voz alta. "O sol está nascendo!", exclamou o gato, e o galo pulou de pé: "Cocoricó!". Então, ele percebeu que era noite. "Por que você estava deitado?", perguntou o burro. "Fiquei tão assustado que desmaiei! Vi mil gatas correndo loucamente em minha direção!". "Você vem conosco?", perguntaram os outros. O galo *Cocoricó* aceitou.

122 Parte II: A casa dos bandidos

Era meia-noite quando chegaram a uma casa de campo. Pela janela, viram homens se entupindo de comida, rodeados de armas e sacos de moedas de ouro. "Se fizermos uma apresentação para eles, certamente nos darão um pouco de comida!", propôs o burro. Então, começaram a cantar a plenos pulmões, enquanto o gato dançava no peitoril da janela. Os bandidos, aterrorizados com aquele barulho e com a sombra na janela, gritaram: "Fantasmas!". E fugiram o mais rápido que puderam. Os quatro amigos se olharam, intrigados, e decidiram entrar. Sentaram-se à mesa e beberam, comeram, cantaram e riram à vontade.

A BELA E A FERA

Um conto de fadas de Mme. Leprince Beaumont

123 Parte I: Um desejo simples

Um comerciante vivia sozinho com as três filhas. Infelizmente, os negócios não iam bem, e o homem decidiu partir: "Vou à cidade tentar resolver meus problemas. O que querem que eu traga, minhas queridas?". As mais velhas, tolas e vaidosas, responderam de imediato: "Joias preciosas e perfumes em frascos de cristal!". Bela, por outro lado, disse que ficaria feliz com algo simples, como uma rosa. Infelizmente, as coisas não saíram como o homem havia planejado, e, triste e abatido, ele foi forçado a voltar para casa de mãos vazias. Enquanto estava na floresta, viu um castelo abandonado a distância, cercado por um maravilhoso jardim cheio de rosas. "Pelo menos posso levar um presente para Bela", ele se consolou.

124 Parte II: Um castigo severo

O homem entrou no jardim sem fazer barulho, mas, assim que estendeu a mão para pegar uma bela flor, uma terrível fera apareceu na sua frente e gritou: "Como ousa roubar minhas rosas?". "Só queria uma para minha filha", gaguejou o comerciante, aterrorizado. "Você ainda é um ladrão e, por isso, será meu prisioneiro!" Então a fera lhe deu dinheiro e acrescentou: "Leve-o para sua família, para que possam sobreviver sem você, e depois volte aqui imediatamente". "Por favor, deixe-me ir", implorou o comerciante. "Somente se uma de suas filhas tomar o seu lugar", respondeu a fera.

125 Parte III: A nova vida de Bela

Eu irei à fera", disse Bela firmemente quando o pai lhe contou o que havia acontecido. As irmãs, por outro lado, não disseram uma palavra. Apesar dos protestos do pai, a

garota persistiu. E partiu. Quando chegou ao castelo, foi levada a um quarto bonito e elegante e servida com comida deliciosa. Bela começou a passar cada vez mais tempo com a fera, que se revelou doce e gentil. Todos os dias, a fera lhe dava muitos presentes e lhe pedia em casamento. "Você é meu melhor amigo", ela respondia, "mas isso não é motivo suficiente para me tornar sua esposa."

126 Parte IV: As irmãs maldosas

O tempo passou feliz entre diversões e dias agradáveis, mas um dia Bela descobriu que o pai estava gravemente doente. A garota chorou por dias, até que decidiu pedir permissão à fera para ir ao encontro dele. "Claro, vá", disse a fera, embora com o coração pesado. "Mas com uma condição: se não voltar em três dias, morrerei de dor." A garota correu para casa, e, graças aos cuidados amorosos, o pai se recuperou rapidamente. As irmãs de Bela, no entanto, ficaram com inveja dos vestidos elegantes e das joias que a fera lhe dera e decidiram impedir que ela voltasse ao castelo.

127 Parte V: Bela quebra o feitiço

As duas irmãs inventaram mil desculpas para mantê-la em casa, e, quando Bela finalmente conseguiu partir e retornar ao palácio, encontrou o amigo à beira da morte. Ela desabou em lágrimas, desesperada, e percebeu que tinha se apaixonado por ele: "Se eu pudesse voltar no tempo, me casaria com você num piscar de olhos". Nesse momento, o monstro desapareceu magicamente, e um príncipe apareceu em seu lugar. "Seu amor me libertou do feitiço que me transformou em fera!", ele revelou. Os dois se casaram e viveram felizes, enquanto as irmãs, por causa da inveja, se transformaram em estátuas de pedra e permaneceram no jardim do castelo, perto das rosas.

128 O COELHO E A LUA
Uma lenda indígena americana

Era uma vez um coelho que vivia nas montanhas. Durante o verão, ele havia coletado bolotas e sementes e as guardado em um tronco de abeto. Quando o frio chegou, ele foi verificar suas provisões, mas... muita comida estava faltando! E, ao redor da árvore, havia pegadas redondas estranhas. O coelho decidiu descobrir quem era o ladrão e se escondeu atrás de um arbusto. De repente, o céu escureceu, e ele viu a lua descendo em sua direção. A luz da lua era tão brilhante que ele foi forçado a fechar os olhos. É por isso que os coelhos ainda piscam os olhos até hoje. O coelho, então, jogou um pouco de lama na lua, e é por isso que ela tem manchas. Finalmente, a lua gritou para o coelho: "Deixe-me em paz ou vai se arrepender!". O coelho deixou a lama cair no chão, e a lua voltou a brilhar no céu.

129 OS DOIS JUMENTINHOS
Uma fábula de Esopo

Ao longo de uma estreita estrada de montanha, dois jumentinhos carregados com sacos andavam lado a lado. Um era o jumento do rei e carregava moedas de ouro, e o outro era o jumento de um moleiro e carregava farinha. O jumento do rei trotava alegremente, batendo os cascos no chão para que todos soubessem que ele estava chegando. O outro andava em ritmo mais lento e parava de vez em quando para pastar a grama e cantar uma melodia alegre. Mas, de repente, três bandidos apareceram de trás de uma curva, agarraram o jumento do rei, roubaram as moedas e o deixaram na rua, amarrado como uma salsicha. O outro jumento o libertou e perguntou: "Está tudo bem, meu amigo?". "Não muito! Olhe para mim! Fiquei tão assustado que quase perdi todo o pelo da minha crina! Se, em vez de todo aquele ouro, eu tivesse trazido farinha como você, ninguém teria me incomodado!"

OS SAPOS QUE DESEJAVAM UM REI

Uma fábula de J. de La Fontaine

130 — Parte I: Zeus e a viga

Em um lago vivia um exército de sapos sempre felizes e pacíficos porque tinham muitos insetos para comer no café da manhã, no almoço e no jantar. Além disso, não havia raposas ou cobras para assustá-los ou comê-los. Eles estavam bem demais! Então, começaram a reclamar com Zeus, dia e noite. Nunca paravam. "*Croac, croac*, Sr. Zeus, estamos tão entediados! Poderia nos arranjar um rei? Ele deve ser bonito, sábio e ter coragem indomável." Para calá-los, Zeus jogou do céu a primeira coisa que viu: uma velha e inútil viga. E *splash*! A viga caiu bem no meio do lago, levantando ondas e assustando os sapos, que se esconderam atrás dos juncos. Um pouco mais tarde, os sapos mais corajosos se aproximaram da viga. Vendo que não lhes fazia mal, os outros sapos se juntaram a eles. Eles a cercaram e subiram nela. "Salve o rei!", gritaram e celebraram com fogos de artifício.

131 — Parte II: A garça gulosa

Mas depois de algum tempo, como o rei não fazia nada além de flutuar e nunca dizia uma palavra, os sapos ficaram entediados novamente e começaram a atormentar Zeus: "*Croac, croac*, Sr. Zeus, estamos terrivelmente entediados! Por que não nos manda um rei mais real? Ele deve ser loiro, ágil e atlético, magro ou gordo, não importa, desde que esteja vivo!". Zeus, que realmente não aguentava mais, explodiu: "Este é o rei que vocês merecem!" e enviou uma garça que não comia havia cinco semanas, a qual começou a devorar os sapos um após o outro, como se fossem batatas fritas. Quando estava cheia, a garça limpou o bico com as pernas e voou para longe. Os poucos sapos que sobreviveram suspiraram de alívio e saíram do esconderijo: "*Croac, croac*, Sr. Zeus, isso é ótimo! Estar entediado é tão bom, nos divertimos muito! De agora em diante, você não ouvirá mais reclamações, apenas silêncio e risadas!". Os sapos cumpriram sua promessa, e Zeus finalmente encontrou paz outra vez.

O ISQUEIRO MÁGICO

Um conto de fadas de H. C. Andersen

132   Parte I: A bruxa e o tesouro

Um dia, um soldado que voltava da guerra encontrou uma bruxa ao longo da estrada. "Se me trouxer o isqueiro que deixei cair naquela árvore oca, você receberá um tesouro", ela disse. O soldado concordou, e a velha senhora lhe deu um avental. "Estenda-o no chão e coloque o cachorro que guarda o tesouro em cima dele, assim ele não o devorará." O soldado entrou no buraco e encontrou três portas no fundo. Ele reuniu coragem e decidiu abrir a primeira. Dentro havia um cachorro com olhos grandes sentado em uma montanha de moedas de cobre.

133   Parte II: Os três cães

O jovem pegou o cachorro e o colocou sobre o avental: o cachorro não se mexeu e, assim, ele pôde recolher as moedas sem nenhum problema. Depois, saiu e abriu a segunda porta, onde fez a mesma coisa com um cachorro de olhos muito grandes e mil moedas de prata. Atrás da terceira porta, um cachorro com olhos realmente enormes o aguardava. Guardava mil moedas de ouro e um isqueiro. O soldado repetiu os mesmos gestos e, com um saco cheio de moedas no ombro, pegou o isqueiro e voltou para a bruxa.

134   Parte III: Uma nova vida na cidade

Quando ele finalmente alcançou a superfície, parou por um momento para descansar: colocou o saco com o tesouro na grama e entregou o isqueiro para a bruxa. A velha senhora, no entanto, nem pensou em lhe agradecer e tentou empurrá-lo de volta para o buraco. Mas o soldado, que estava alerta e tinha bons reflexos, moveu-se rapidamente para o lado, e foi a bruxa que caiu na cavidade. Como não era mais pobre, o soldado decidiu realizar um de seus sonhos e foi morar na cidade. Comprou uma casa bonita e escondeu cuidadosamente seu tesouro e seu isqueiro.

135 — Parte IV: A bela princesa

Depois de alguns dias, o soldado ouviu as pessoas falando sobre uma bela princesa, cujos pais a mantinham trancada em uma torre impenetrável porque não queriam que ela se casasse. O soldado, então, sentiu no coração um desejo avassalador de conhecê-la, mas todos os habitantes lhe disseram que era impossível. "Ninguém jamais a viu!" O jovem ficou desesperado e gastou todo o dinheiro tentando esquecê-la, até que, uma noite, ele ficou apenas com uma vela para iluminar. Ele acendeu o isqueiro da bruxa, e o cachorro de olhos grandes apareceu, latindo: "O que deseja, mestre?". "Traga-me a princesa trancada na torre!" O animal sumiu e, alguns minutos depois, reapareceu de repente com a garota adormecida nas costas. Ela era verdadeiramente maravilhosa!

136 — Parte V: Os grãos de arroz

Mais tarde naquela noite, o cachorro a levou de volta ao seu castelo, e, no dia seguinte, a jovem contou aos pais que tinha sonhado estar voando nas costas de um cachorro. Os dois ficaram desconfiados e colocaram alguns grãos de arroz no bolso dela, onde fizeram um buraco. Naquela noite, o cachorro voltou para buscá-la, e os grãos caíram pelo caminho, até a casa do soldado. Os guardas o encontraram, mas o jovem acendeu o isqueiro três vezes: os três cachorros apareceram e começaram a morder a todos, incluindo o rei e a rainha, que fugiram. A princesa se casou com o soldado, e eles foram amados por todo o reino.

137. O PALÁCIO DOS DESEJOS
Uma lenda irlandesa

Um homem pobre ganhava a vida com trabalhos esporádicos. Um dia, enquanto caminhava na floresta, ele se deparou com um palácio de cristal com algo escrito: "Entre e todos os seus desejos se realizarão". O homem estava prestes a entrar correndo, quando viu um mendigo sentado perto da porta. "Por que você não entra?", ele perguntou. O outro riu e respondeu: "Não estou interessado. Mas, se quiser, farei companhia a você". Eles cruzaram o limiar e viram um grande salão de baile, cheio de pessoas elegantes e animais. De repente, um gato com olhos verdes, brilhantes como pedras preciosas, se aproximou deles. "Bem-vindo! Quem é você? Não posso vê-lo." "Por quê?", perguntou o homem. "Desejei olhos de esmeralda e agora não consigo mais ver." Muitas pessoas começaram a contar a ele como estavam infelizes por causa do desejo de serem mais ricas. O homem, então, disse ao mendigo: "Vamos embora!". Ele saiu do palácio e, a partir daquele dia, aprendeu a apreciar o pouco que tinha e a desfrutar de cada pequeno prazer.

138. A GRANDE SERPENTE DO MAR
Um conto de fadas de H. C. Andersen

Um dia, um peixinho que vivia no oceano viu uma longa cobra preta cair na água e descer para o abismo. "Eu a vi em um barco", disse uma foca, "então ela pulou." O peixinho imediatamente começou a perseguir a cobra. "Quero saber mais", explicou ele a um tubarão. Eles desceram juntos, e um tubarão-martelo se juntou a eles. No final, eles a encontraram na areia. "Você é um peixe ou uma planta?", perguntou o tubarão--martelo. Nenhuma resposta. "Se não responder, vou bater em você!", rosnou o tubarão. Silêncio. "É apenas uma armadilha feita por homens", disse um peixe-boi que parecia uma sereia. Todos os peixes assentiram, mas o peixinho gritou: "Não é verdade! Tenho certeza de que é a serpente marinha mais maravilhosa do mundo". E ele estava certo. Porque aquilo não era uma serpente, mas um cabo telegráfico, inventado pelos homens para que as pessoas pudessem se comunicar de lugares distantes.

RUMPELSTILTSKIN

Um conto de fadas dos Irmãos Grimm

139 ## Parte I: A filha do moleiro

Era uma vez um velho moleiro que, para se gabar da filha mais velha, dizia aos vizinhos: "Ela é bonita e gentil. É tão boa em fiar que poderia transformar palha em ouro!". A notícia se espalhou rapidamente e chegou ao castelo do rei, que decidiu testá-la. Ele chamou a garota para a corte e a conduziu pessoalmente a uma sala cheia de palha, dizendo: "Aqui está uma roda de fiar! Agora, fie. Vamos ver se você realmente pode transformar palha em ouro!", e foi embora. Quando a garota ficou sozinha, não conseguiu se controlar e começou a chorar. Mas, de repente, enquanto chorava, um homenzinho saiu do nada: "Não se preocupe, vou ajudá-la a fiar. No entanto, quando for rainha, terá que me dar seu filho em troca". A filha do moleiro olhou para ele e pensou: "Tenho certeza de que isso nunca acontecerá! É melhor aceitar", e eles selaram o acordo.

140 ## Parte II: A cantiga de ninar

Quando o rei voltou e encontrou a sala cheia de ouro, ficou surpreso e decidiu se casar com a filha do moleiro. Os dois amantes passaram muitos meses felizes juntos e, após um tempo, tiveram um filho. O homenzinho, então, apareceu prontamente para levar o bebê, mas a mãe implorou-lhe que encontrasse outra solução. "Voltarei em três dias", disse o homenzinho. "Você poderá ficar com seu filho apenas se souber meu nome até lá." A rainha enviou mensageiros para todas as terras do reino, e um deles lhe contou que ouvira um homenzinho cantando na floresta: "Esta noite, esta noite, meus planos farei, amanhã, amanhã, o bebê levarei. A rainha nunca vencerá o jogo, pois Rumpelstiltskin é meu nome!". Então, quando o homenzinho confiante entrou no castelo, certo de que ia levar o bebê, a rainha sorriu: "Bom dia, Rumpelstiltskin!". O homenzinho, zangado e derrotado, bateu os pés e desapareceu no ar.

141 O MENINO QUE GRITAVA "LOBO"
Uma fábula de Esopo

Um pastor possuía um rebanho de ovelhas. Mas, um dia, um lobo começou a devorá-las. Então, o homem disse aos filhos: "Você, João, ficará de guarda durante o dia, e você, Miguel, durante a noite". Na primeira noite, Miguel, que gostava de pregar peças, começou a gritar: "Lobo! Lobo!". O pai e o irmão correram para fora de casa de cueca para salvá-lo, mas ele disse: "Enganei vocês!" e rolou no chão, rindo. A mesma coisa aconteceu por algumas noites, até que o lobo realmente veio. "Lobo! Lobo!", gritou o menino, tremendo como uma folha. Mas o irmão e o pai pensaram: "Não vamos cair nessa de novo" e continuaram dormindo. Ao amanhecer, a família encontrou Miguel em uma árvore, branco como um lençol, e, dessa vez, foram eles que rolaram no chão, rindo. A partir daquele momento, Miguel nunca mais pregou peças novamente.

142 APOLO E DAFNE
Um conto mitológico grego

Apolo, deus do Sol, havia matado uma enorme cobra com as flechas de seu arco. Estava orgulhoso disso e, assim que encontrou Cupido, deus do amor e arqueiro habilidoso, zombou dele: "Minha mira é excelente. Você, por outro lado, é motivo de riso!". Cupido decidiu lhe dar uma lição: "Vou acertá-lo com uma de minhas flechas douradas, assim você se apaixonará pela primeira garota que encontrar! Então acertarei ela com uma flecha de chumbo, para que não queira nada com você!". Assim, Apolo se apaixonou por Dafne, uma ninfa da floresta, mas, por causa do feitiço de Cupido, não era correspondido. Apolo a seguiu por toda parte, então Dafne pediu ajuda ao pai, deus dos rios: "Quero ficar sozinha. Deixe-me virar uma planta!". Ele atendeu ao seu pedido, e, assim, a ninfa se transformou em um loureiro. Um Apolo muito angustiado decidiu que o loureiro seria sempre verde, e os vencedores de todas as competições o receberiam como prêmio.

A DONZELA DOS GANSOS

Um conto de fadas dos Irmãos Grimm

143 ## Parte I: A astuta dama de companhia

Era uma vez uma bela princesa. Seu pai havia falecido, e ela estava destinada a se casar com o príncipe de um reino distante, que nunca havia conhecido. Quando a data do casamento se aproximou, sua mãe, a rainha, despediu-se dela: "Não quero que viaje sozinha. Minha dama de companhia irá com você". As duas garotas subiram em uma carruagem e partiram. A dama que tinha que acompanhar a princesa era mal-humorada e desagradável. Como também tinha ciúme de sua beleza, bolou um plano para enganá-la. "Você sabe o que dizem sobre seu amado príncipe? Parece que ele é bastante feio, com nariz verruguento e temperamento ruim." E acrescentou: "Você é tão querida para mim que, para poupá-la dessa desgraça, eu estaria disposta a tomar o seu lugar e me casar com ele". A princesa, muito ingênua, acreditou em cada palavra dela e aceitou trocar de lugar com a garota. Vestiu as roupas simples da dama de companhia, enquanto a garota colocou seu vestido de seda e suas joias.

144 ## Parte II: A verdadeira princesa

Quando chegaram ao palácio real, a dama de companhia foi recebida com todas as honras pelo rei e seu filho. O príncipe não era apenas encantador, mas também gentil e amável, e a verdadeira princesa percebeu imediatamente que tinha sido enganada. Mas era tarde demais para contar a verdade. Então, para mantê-la longe do palácio, a dama de companhia pediu ao rei que a enviasse para trabalhar nos estábulos reais. Na manhã do casamento, a princesa estava sentada ao lado de uma fonte, lamentando seu destino: "Ó céus! Quem poderia acreditar que sou de sangue nobre e minha dama de companhia é uma impostora?". Felizmente, suas palavras foram ouvidas pelo rei, que passeava por ali naquele momento. Ele ouviu sua história e acreditou que ela dizia a verdade. Deu-lhe roupas elegantes para vestir e a levou até o filho, que desmascarou a dama de companhia. No dia seguinte, o jovem casal celebrou as bodas, enquanto a vilã acabou limpando os estábulos reais.

O PATINHO FEIO

Um conto de fadas de H. C. Andersen

145 — Parte I: Uma surpresa para a Mamãe Pata

Mamãe Pata havia chocado seus oito ovos por dias e dias, com amor e dedicação. Quando finalmente começaram a eclodir, sete lindos patinhos amarelos saíram um após o outro. Mas um patinho estranho saiu do último ovo. Era cinza, com bico preto, e muito maior que os outros. Mamãe Pata o acolheu debaixo da asa imediatamente e o acariciou, mas os irmãos não gostaram dele e franziram a testa. "Você não é como nós!", disseram a ele, e, quando ele andava por aí, os outros animais diziam: "Que patinho feio! De onde você veio? Você é tão diferente dos seus irmãos!".

146 — Parte II: Triste e solitário

Quando se sentia triste porque ninguém queria brincar com ele, o patinho corria para debaixo da asa da mãe, que o acariciava e confortava, sussurrando: "Meu querido bebê... O que eles dizem não importa! Eles não sabem que você é o mais forte, nada como um campeão e é generoso e doce. Não sabem nada sobre você, então você não deve dar atenção ao que dizem". Mas os animais continuavam a provocá-lo, e o patinho não estava nada feliz.

147 — Parte III: O lago

Um dia, depois que os animais zombaram dele pela enésima vez, o patinho, que era muito corajoso, decidiu partir, embora com o coração pesado, pois também teria que deixar a mãe, a quem amava muito. Estava determinado a encontrar seu lugar no mundo, onde pudesse finalmente brincar e viver em paz com amigos verdadeiros. Ele caminhou por muitos dias e, no final, parou em uma toca abandonada perto de um grande lago. "Pelo menos aqui estarei em paz e poderei começar uma nova vida." Logo o inverno chegou, e o pobre patinho passou longos meses sozinho.

148 Parte IV: A transformação do patinho

A primavera finalmente chegou, com suas mil cores e cheiros. O patinho saiu da toca para aproveitar o sol e encontrou um esquilo e um pardal. "Lá vamos nós de novo. Agora eles vão me dizer que sou feio e que não sou um verdadeiro patinho. Vão rir de mim também", pensou ele, tristemente. Mas eles não disseram nada. Quando chegou ao lago, o patinho viu o reflexo de uma elegante ave branca na água e disse: "Você é tão bonito! Adoraria ser como você!". Mas ninguém respondeu. Então o patinho entendeu: "Sou eu!". Ele havia se transformado em um maravilhoso cisne.

149 Parte V: Os cisnes

Ele abriu as grandes asas e olhou para seu manto branco como leite, seu pescoço elegante e o bico laranja com borda preta. Um bando de cisnes passou bem naquele momento. "Você quer nadar conosco?" Eles eram exatamente como ele! Seu rosto se iluminou, e ele respondeu: "Claro! Mas, antes de irmos, preciso fazer algo primeiro. Por favor, esperem por mim". Ele alçou voo e chegou à fazenda onde crescera. Todos os animais, incluindo seus irmãos, ficaram boquiabertos. Então ele disse à mãe: "Olhe para mim, sou um cisne!". Ela o abraçou, feliz, e sussurrou: "Sabia que você era especial!". Ele sorriu alegremente, se despediu e juntou-se aos novos e maravilhosos amigos.

150 UM DESEJO PERIGOSO
Um conto tradicional indiano

Há muito tempo, havia um homem que sempre orava ao deus Shiva. Finalmente, o deus apareceu para ele: "Peça-me o que quiser". "Quero me tornar imortal", respondeu o homem, mas Shiva respondeu: "Isso é impossível! Peça-me qualquer outra coisa". "Então desejo ter o poder de transformar qualquer um em cinzas apenas tocando sua cabeça." O deus concordou, e o homem estendeu a mão, tentando tocar-lhe a cabeça. "Ele estava prestes a me transformar em cinzas!", pensou Shiva, que agora percebera que cometera um grande erro. Assim, pediu ajuda ao deus Vishnu, que se transformou em uma bela dançarina e foi até o homem: "Eu me casarei com você se aprender a dançar como eu". O homem começou a imitar os movimentos da dançarina e, quando ela colocou a mão na cabeça, ele fez o mesmo. E se transformou em cinzas, enquanto o deus Shiva soltava um suspiro de alívio.

151 O CAMALEÃO
Uma lenda africana

Um dia, há muitos séculos, o deus Gname convocou todos os animais, do menor ao maior, do mais esperto ao mais tolo, e disse: "Digam-me o que desejam na Terra". Os seres humanos foram os primeiros a falar: "Gostaríamos de viver em aldeias e cultivar a terra". "Vocês terão aldeias e terras!", respondeu o deus. Então, ele se voltou para os animais, que disseram em uníssono: "Gostaríamos de viver nas florestas!". "E assim será!" Ele notou que um dos animais estava em silêncio e o encarava com apenas um olho, mastigando algo que parecia um mosquito. "E você?", perguntou o deus a ele. O animal, que se chamava "camaleão" e não era bonito, admitiu: "Gostaria de me sentir em casa em qualquer lugar". "Seu desejo será concedido!", respondeu o deus, sorrindo. Até hoje, o camaleão fica verde se dorme em uma folha; laranja, se pula em uma abóbora; e amarelo, se escorrega em uma casca de banana. Ele se sente em casa aonde quer que vá!

152 — O LAGO MÁGICO
Um conto de *As mil e uma noites*

Um pescador pobre, mas inteligente, conseguiu prender um gênio irritante dentro de um vaso. "Deixe-me sair ou vai se arrepender!", gritou o gênio. Mas o pescador não deu ouvidos a ele. O gênio continuou e implorou: "Se me deixar sair, resolverei todos os seus problemas!". O homem, que não pescava nada havia dias e precisava alimentar a família, abriu o vaso. O gênio saiu e disse: "Vá atrás da montanha cinza. Há um lago lá onde ninguém jamais foi. Você encontrará os peixes mais bonitos do universo, com escamas brilhantes e as cores de planetas de galáxias distantes. Pesque-os e leve-os ao sultão". O gênio desapareceu em uma nuvem de fumaça, e o homem foi pescar os peixes. O sultão, encantado com a beleza daquelas criaturas, ofereceu-lhe moedas de ouro, joias e pedras preciosas. A partir desse momento, o pescador e a família nunca mais passaram fome e sempre viveram em paz.

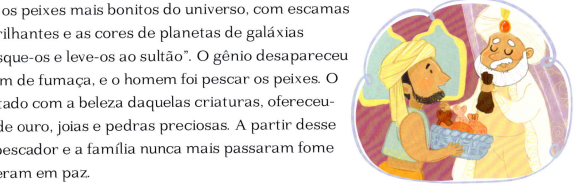

153 — AS ORELHAS DE BURRO DE MIDAS
Um conto mitológico grego

"Eu sou o melhor músico do Olimpo!", disse Apolo a Pã. Mas, entre a plateia que estava lá para assistir ao desafio entre os deuses, alguém gritou: "Não, é o Pã!". Esse alguém era o rei Midas. Apolo começou a rir: "Você tem orelhas tão pequenas! Por isso não entende nada de música!".

E ele as transformou em longas e peludas orelhas, iguais às de um burro. Desse momento em diante, Midas sempre usava turbantes para esconder seu segredo. O único que sabia sobre isso era seu cabeleireiro. Mas ele não podia contar a ninguém, ou o rei o puniria. Um dia, porém, o cabeleireiro não pôde resistir: cavou um buraco perto de um lago e gritou dentro: "O rei Midas tem orelhas de burro!". Depois, cobriu o buraco com terra. Mas caniços de bambu cresceram exatamente naquele local e balançavam ao vento, repetindo: "O rei Midas tem orelhas de burro!". Então todos descobriram seu segredo, mas ele não podia ficar bravo com ninguém.

RIQUET COM O TOPETE

Um conto de fadas de C. Perrault

154 ## Parte I: Os presentes da fada

Riquet nasceu em um reino distante. Era bastante feio e tinha topete. Sua fada madrinha, movida pela piedade de sua aparência, deu-lhe um presente especial: "Você poderá fazer qualquer pessoa que amar se tornar inteligente". Enquanto isso, em um reino vizinho, duas pequenas princesas haviam nascido. Uma era bonita, e a outra era muito, muito feia. A mesma fada que ajudou Riquet tocou as meninas com sua varinha mágica e disse: "A bonita será bastante tola, mas será capaz de tornar as pessoas bonitas; a feia será enérgica e engraçada". Os anos se passaram, e todos viram que a fada não havia mentido: a princesa bonita só dizia coisas tolas, enquanto a irmã estava cercada de pretendentes, e todos queriam ser amigos dela.

155 ## Parte II: A promessa da princesa

Um dia, a princesa bonita estava tão triste com seu destino que foi para a floresta chorar. Enquanto soluçava, um jovem rapaz se aproximou dela. Era Riquet, e os dois logo se tornaram amigos. O príncipe ouviu a triste história da garota sem dizer uma palavra, então falou: "Se você se casar comigo em um ano, eu a tornarei inteligente neste instante. Confie em mim". A garota aceitou com alegria e se tornou tão encantadora e inteligente que muitos príncipes pediram para se casar com ela, mas ela era boa e honesta e queria honrar a promessa que fizera a Riquet. Um ano passou rapidamente, e ela voltou para a floresta. Mas, assim que viu o noivo, pensou: "Oh, meu Deus! Ele é tão feio! O que farei?". Nesse momento, a fada madrinha apareceu para lembrá-la do presente que recebera ao nascer. E assim... Riquet se tornou bonito e se casou com sua bela e inteligente princesa.

156 OS BODES E OS LOBOS
Um conto popular russo

Dois bodes viviam em uma fazenda; um era esperto e animado; o outro, mais quieto. Um dia, o animado gritou: "Quero ver o mundo. Vamos embora!". "E se uma nuvem cair sobre nossas cabeças?", respondeu o sábio. "Temos chapéus!" "E se o sol nos cegar?" "Temos óculos de sol!" "Então eu vou!", respondeu o bode cauteloso. Ao longo do caminho, encontraram uma pata de lobo, e o bode sábio a colocou na mochila. A noite chegou, e eles viram uma fogueira ao longe. "Estaremos seguros lá!", pensaram, mas, em vez disso, encontraram três lobos: "Vocês comem primeiro, depois nós comemos vocês!". O bode esperto disse ao amigo: "Foi isso que o outro lobo disse ontem! E teve um fim ruim!". Ele tirou a pata que pegara na floresta, e os lobos, brancos de medo, fugiram.

157 O CORVO ENCANTADO
Uma fábula tradicional europeia

Era uma vez uma garota bondosa que adorava caminhar. Um dia, ela decidiu explorar as ruínas de um antigo castelo. "Deve ter sido lindo no passado!", ela pensou, observando os jardins. De repente, viu um corvo mancando. "Ajude-me, por favor!", implorou o pássaro. "Fui o senhor deste lugar, mas uma bruxa me transformou em corvo." "O que devo fazer?", perguntou a garota. "Fique aqui por um ano. Mas, aconteça o que acontecer à noite, não grite." A garota aceitou. Naquela noite, criaturas horríveis apareceram em seu quarto, porém ela permaneceu em silêncio, e as criaturas foram embora. A mesma coisa aconteceu todas as outras noites, e, depois de um ano, a bruxa chegou ao castelo: "Se não gritar, vou transformá-la em cinzas!", ameaçou, mas a garota fechou os olhos e não pronunciou uma palavra. Quando os abriu novamente, viu que um príncipe encantador havia substituído a bruxa. "Você me salvou. Case-se comigo!" A garota disse "sim", e o castelo voltou a ser tão belo quanto no passado.

CINDERELA

Um conto de fadas de C. Perrault

158 ## Parte I: A madrasta cruel

Era uma vez, há muito tempo, uma linda garotinha que vivia feliz com o pai em uma bela casa no campo. O homem, um viúvo de meia-idade, havia se casado novamente com uma mulher desagradável, que tinha duas filhas. Infelizmente, ele adoeceu e morreu rapidamente. A partir daquele momento, a madrasta forçou a garota a trabalhar como empregada doméstica. Ela tinha que fazer todas as tarefas da casa, enquanto a madrasta e as meias-irmãs nunca moviam um dedo. Todas as noites, ela estava exausta e adormecia nas cinzas em frente à lareira. Por isso, as meias-irmãs a apelidaram Cinderela.

159 ## Parte II: O convite

Uma manhã, um mensageiro real apareceu à porta delas: "Todas as garotas do reino estão convidadas para o grande baile no palácio real. Durante a noite, o príncipe escolherá sua futura noiva". A madrasta disse às filhas: "Se forem as garotas mais belas do salão, o príncipe escolherá uma de vocês. Precisamos nos preparar!". Assim, as três saíram para comprar roupas novas, sem sequer pensar em Cinderela. Na noite do baile, a garota ajudou as meias-irmãs a se vestir e foi com elas até o portão da frente. Em seguida, correu para o jardim e chorou.

160 ## Parte III: A fada madrinha

"Oh, eu realmente gostaria de ir ao baile!", reclamou Cinderela. De repente, sua fada madrinha apareceu: "Não chore, minha querida, porque você vai!". "Mas não tenho

76

um vestido ou uma carruagem!", respondeu Cinderela. "Vamos resolver isso!", a fada a tranquilizou. Ela tocou uma abóbora com sua varinha e ela se transformou em uma carruagem brilhante; então transformou alguns ratos em cavalos e um coelho em cocheiro. Deu a Cinderela um vestido da cor das nuvens, adornado com pequenas estrelas, e sapatos de cristal. "Volte antes da meia-noite, porque o feitiço vai se desfazer", lembrou a fada.

161 Parte IV: O baile

Cinderela agradeceu à fada madrinha e partiu feliz em direção ao castelo, com sua nova carruagem. Quando chegou lá, ela entrou, e todos a olharam com admiração. Seu vestido brilhava, e ela era a garota mais bonita do reino. A madrasta e as meias-irmãs não a reconheceram e, como todos os outros convidados, se perguntavam quem era aquela garota misteriosa. O príncipe, impressionado por sua beleza, aproximou-se dela e a convidou para dançar. Eles passaram a noite inteira juntos. Mas, quando o relógio bateu meia-noite, a garota correu para fora e perdeu um dos sapatos.

162 Parte V: O sapato de cristal

O príncipe não conseguia parar de pensar em Cinderela, e, no dia seguinte ao baile, o mensageiro real anunciou: "A garota que calçar o sapato de cristal se casará com o príncipe!". O mensageiro real visitou todas as casas do reino, sem encontrar a dona do sapato. Quando chegou à casa de Cinderela, as meias-irmãs quiseram experimentar o sapato, mas seus pés eram grandes demais! Então, finalmente chegou a vez de Cinderela: seu pé encaixou-se perfeitamente no sapato. Assim, a garota foi levada ao castelo, casou-se com o príncipe e tornou-se uma verdadeira princesa, com a bênção da fada madrinha.

163 — O VASO DE BARRO
Um conto de fadas italiano

Era uma vez a esposa de um fazendeiro que só se importava com dinheiro. Ela tinha temperamento ruim e, muitas vezes, maltratava o sogro, que vivia com ela e o marido. Mas o velho era esperto e decidiu pregar-lhe uma peça: encheu um vaso de barro com lama e pedrinhas e o selou. Então, disse ao filho: "Vendi nossa vaca e agora não sei o que fazer com todas essas moedas de ouro". E sacudiu o vaso: as pedrinhas, batendo contra as paredes, tilintavam como se fossem moedas. O homem colocou o vaso em um armário alto e fingiu ir dormir. A nora, que tinha escutado tudo, pensou: "Sei o que fazer com todo esse dinheiro". Ela subiu em um banquinho para pegar o vaso, mas, enquanto esticava a mão, perdeu o equilíbrio. Acabou no chão, e o vaso caiu e quebrou em mil pedaços. A mulher se viu coberta de lama, e o velho, que havia testemunhado a cena atrás de uma parede, começou a rir alto.

164 — A RÃ E O BOI
Uma fábula de Esopo

Uma rã verde-brilhante passava os dias invejando os outros animais. "Olhem as penas maravilhosas daquele pavão!", ela coaxava. "Gostaria de ser como ele!" E continuava: "Por que não posso ser como aquele cervo com patas ágeis?". Um dia, cansada daquela situação, encontrou um boi e pensou: "Ele é tão enorme e poderoso. Quero me tornar como ele!". Ela correu até outra rã e disse: "Você tem que agir como juíza e me dizer quando eu parecer tão grande quanto aquele boi". "Tudo bem", concordou a amiga. A rã começou a inchar. "Estou grande o suficiente?", ela perguntou. "Ainda não!", respondeu a outra. "E agora?", perguntou ela, inchando um pouco mais. "Ainda não!", repetiu a outra. "E agora?", perguntou a rã novamente, que, neste ponto, parecia um balão de ar quente. "Ainda não..." e *puf!* "Oh-oh. Ela voou pelo ar como um balão!", disse a amiga. E voltou a nadar no lago.

A GALINHA DOS OVOS DE OURO

Uma fábula de J. de La Fontaine

165 — Parte I: Uma troca estranha

Um agricultor e a esposa viviam em uma cabana no campo. Eram muito pobres e tinham cinco filhos para alimentar. Um dia, o homem decidiu ir à feira local vender sua vaca. No caminho, encontrou um sujeito estranho: ele usava um chapéu de bobo colorido, tinha olhos brilhantes e carregava uma galinha nos braços. "Se me der a vaca, eu lhe darei esta galinha em troca. É uma galinha mágica!", disse o homem. "Eu realmente não acredito nisso!", respondeu o agricultor. "Sabe, meu amigo, você perdeu a chance de ficar rico!" O agricultor coçou a cabeça por um tempo, olhou para o estranho, depois para a galinha e, no final, mesmo sem saber por que, decidiu aceitar a troca.

166 — Parte II: Os ovos de ouro

O agricultor despediu-se do homem estranho e voltou para casa. No entanto, quando contou à esposa o que tinha acontecido, ela o repreendeu: "Você está louco? O que vamos comer agora: pés e penas de galinha?". Mas, na manhã seguinte, e nas seguintes também, encontraram um ovo de ouro e ficaram ricos. O agricultor foi ficando cada vez mais rico, mas nada parecia suficiente para ele. Um dia, decidiu que queria um castelo tão grande quanto o do rei.

167 — Parte III: O desejo infeliz

O agricultor pensou sobre o assunto e percebeu que levaria muito tempo para construir um palácio esplêndido ovo por ovo. Então, numa manhã, levantou-se cedo, entrou no galinheiro e matou a galinha para obter todo o ouro de uma só vez. Mas ficou desapontado: não havia nada dentro do animal! Em um instante, todas as coisas belas que possuía desapareceram, e ele ficou mais pobre que nunca. No entanto, aprendeu uma lição valiosa: "Quem tudo quer, tudo perde!".

168 O ENCANTADOR DE SERPENTES
Uma lenda indiana

Um encantador de serpentes chamado Naveen vivia em uma cabana humilde e mal tinha dinheiro suficiente para comer. Todas as manhãs, ele percorria as aldeias, tocava flauta, e de sua cesta saía uma cobra que começava a dançar. Ninguém ficava mais maravilhado com o espetáculo, pois já o tinham visto muitas vezes, então o homem não estava ganhando muito dinheiro. Naveen decidiu, então, ir para a cidade: foi bem-sucedido e ganhou muitas moedas. Colocou-as em uma cesta e voltou para sua cabana. Durante a noite, três ladrões entraram pela janela e encontraram duas cestas. "Vamos levar a mais pesada", sugeriu um deles. "Ela provavelmente está cheia de ouro." Quando chegaram ao seu covil e abriram a cesta, a cobra saltou com a boca bem aberta. Os ladrões fugiram, e a serpente deslizou alegremente de volta para seu mestre.

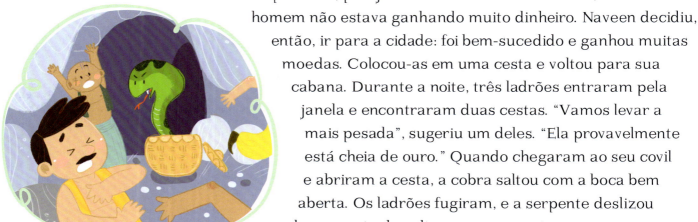

169 O LOBO E O CORDEIRO
Uma fábula de Esopo

Um grande lobo andava pela floresta com fome e sede. Parou em um riacho e começou a beber, quando notou um pequeno cordeiro a jusante, na margem oposta. "Perfeito", disse para si mesmo. "Só preciso de uma desculpa para pegá-lo e terei algo para comer." Então ele gritou: "Ei, você, tome cuidado! Está sujando minha água". E o pequeno cordeiro respondeu: "Impossível. Estou aqui embaixo, a água vai primeiro para você". "Ah", respondeu o lobo. Então pensou por um momento e disse: "Lembro-me de você. Você me chamou de lobo babão no ano passado". "Eu nem tinha nascido ainda!" "Ah", disse o lobo, cada vez mais aflito. "Então deve ter sido seu pai, porque ele era igual a você." O lobo deu um grande salto para alcançar o cordeiro, mas escorregou nas pedras e caiu na água. "*Glub, glub*", ouviu o cordeiro, antes que a correnteza arrastasse o lobo. E o pequeno cordeiro voltou a beber água, finalmente seguro.

ANDRÓCLES E O LEÃO

Uma fábula de Aulo Gélio

170 — Parte I: A patinha ferida

Andrócles era escravo e levava uma vida dura, cheia de privações e sacrifícios. Numa noite, cansado daquela situação, decidiu fugir e se refugiou em uma caverna no topo de uma montanha muito alta. Estava prestes a adormecer, exausto, quando viu um enorme leão emergindo das trevas. Embora estivesse aterrorizado, percebeu que o animal não desejava atacá-lo: estava mancando e gemendo. Aproximando-se com cautela, Andrócles viu que o leão tinha um espinho preso na pata. Comovido, ele retirou o espinho, e o leão, agora curado, correu de volta para as trevas. Andrócles continuou a viver na caverna, mas, depois de algum tempo, os guardas de seu proprietário o encontraram. Ele foi capturado e levado para Roma.

171 — Parte II: A luta na arena

Quando chegou a Roma, Andrócles foi condenado a lutar contra feras selvagens para entretenimento do imperador e da plateia. O dia da luta logo chegou. Andrócles entrou na arena, e, pouco depois, a grade que selava a jaula dos animais foi lentamente levantada. Um enorme leão saiu e saltou sobre ele sem perder tempo. O animal fez Andrócles perder o equilíbrio, e ele caiu no chão. Andrócles fechou os olhos, preparando-se para a morte, mas, de repente, sentiu o leão cheirando-o e lambendo seu rosto! Reunindo coragem, abriu os olhos e percebeu que era o mesmo leão que ele havia curado na caverna! Comovido com esse milagre, o imperador decidiu libertá-los. A partir daquele dia, Andrócles e o leão viveram juntos e se tornaram inseparáveis.

ROSA BRANCA E ROSA VERMELHA

Um conto de fadas dos Irmãos Grimm

172 — Parte I: As duas irmãs

Era uma vez Rosa Branca e Rosa Vermelha, duas belas irmãs que viviam sozinhas em uma charmosa casa de madeira na floresta. As meninas eram muito diferentes uma da outra: Rosa Branca era loira, alta, forte e protetora, enquanto Rosa Vermelha era menor, tinha cabelos castanhos e era sensível e generosa. Ambas eram muito inteligentes. As duas irmãs não tinham medo de viver na floresta, pois, quando estavam juntas, nada nem ninguém as assustava, e elas sentiam que poderiam enfrentar qualquer perigo que surgisse em seu caminho.

173 — Parte II: O urso falante

Numa noite de inverno, durante uma tempestade de neve que cobria tudo, as duas irmãs ouviram alguém batendo à porta. Rosa Vermelha a abriu e viu um urso gigantesco. "Está frio", disse ele, "posso entrar?" A garota hesitou, preocupada, mas Rosa Branca aproximou-se e respondeu: "Claro! Você pode se sentar naquela poltrona confortável em frente ao fogo". Quando o urso se aqueceu, preparou uma deliciosa sopa como forma de agradecimento e contou muitas piadas engraçadas. Ele era tão simpático que as meninas decidiram deixá-lo ficar até a primavera.

174 — Parte III: O anão

O tempo passou rápido, e, numa tarde ensolarada, enquanto as meninas passeavam pela floresta em busca de alecrim, ouviram alguém gritando: "Maldita barba! Vou te queimar! Vou te puxar!". Atrás de um arbusto, um anão se debatia com o traseiro no ar. Sua barba havia ficado presa sob um tronco, enquanto ele tentava pegar algo.

Rosa Branca não conseguiu resistir e soltou uma risada. "Do que você está rindo? Me solte imediatamente!". Rosa Branca o teria deixado lá, mas Rosa Vermelha teve pena dele: ela cortou a barba com a tesoura para o alecrim e libertou o anão. Ele pegou uma pedra preciosa debaixo do tronco e se afastou, sem nem mesmo agradecer a elas.

175 — Parte IV: O tesouro

Alguns meses se passaram, e, numa noite, enquanto procuravam vaga-lumes na floresta, Rosa Branca e Rosa Vermelha encontraram novamente o rude anão. Ele contava um monte de pedras preciosas e brilhantes. Mas, de repente, o urso que elas haviam acolhido no passado apareceu. Seu amigo saltou sobre o anão: "Finalmente encontrei você!", exclamou. "Quebre o feitiço que lançou sobre mim imediatamente!" O anão, aterrorizado, murmurou algumas palavras mágicas: então, a pelagem do urso se abriu, e um príncipe elegante saiu de dentro dela.

176 — Parte V: O príncipe

O jovem contou às duas irmãs que, muito tempo antes, o anão o encontrara ao longo de um caminho solitário na floresta enquanto ele cavalgava e o transformara em urso para roubar suas pedras preciosas. Rosa Branca e Rosa Vermelha abraçaram o príncipe, que as levou ao seu castelo, onde seu irmão mais novo esperava por ele. O maligno anão foi finalmente aprisionado por seus crimes, e as irmãs se casaram com os dois príncipes e viveram como princesas pelo resto da vida!

177 O BEBEDOURO
Uma lenda nativa americana

Durante uma seca, um coiote encontrou um bebedouro. Um dia, ele viu um coelho passando: "Você não está com sede?". "Bebo o orvalho das folhas." "E quando ele acabar?", perguntou o coiote. "Encontrarei outra coisa", respondeu o coelho. Mas o orvalho acabou, e o coelho esperou o coiote ir embora para poder beber no bebedouro. Quando, à noite, o coiote voltou, percebeu que havia menos água e observou pegadas de coelho ao redor do bebedouro. Então ele elaborou um plano: pegou um bloco de madeira, colocou uma resina pegajosa e o posicionou com a ponta na água. Quando o coelho voltou, confundiu o bloco de madeira com outro animal: "Saia daqui! Este é meu bebedouro", gritou. Como o intruso não respondeu, ele atacou e acabou grudado no bloco de madeira!

178 O PAVÃO TRISTE
Uma fábula de Esopo

Há muito tempo, o pavão era uma ave muito diferente de hoje. Tinha cor e forma normais, mas voava melhor que qualquer outra ave. Podia alcançar a Estrela do Norte e mergulhar tão rápido que se tornava invisível. Mas ele não estava feliz. "Gostaria de ser bonito!", choramingava. "Gostaria de ter penas macias e coloridas..."

Então, numa noite, a Deusa da Beleza decidiu atender ao seu pedido. Na manhã seguinte, os pássaros olharam para o pavão com o bico aberto: ele tinha coroa na cabeça, as penas eram de um azul brilhante, a cauda se espalhava e tinha muitos olhinhos coloridos. "Uau!", exclamou o pavão, olhando para si mesmo na água. Mas, quando tentou voar, descobriu que sua cauda era muito pesada. "Paguei um alto preço!", disse ele. "Conquistei a beleza, mas abri mão da minha liberdade!" Desde então, o pavão anda por aí reclamando: "ahn, ahn, ahn!".

179 A HISTÓRIA DA CIDADE DE YS
Uma lenda bretã

Um rei sábio chamado Gradlon tinha uma filha muito vaidosa chamada Dahut, que o incomodava com seus mil caprichos. Um dia, a jovem disse: "Gostaria muito de viver à beira-mar!". Para agradar à filha, Gradlon e sua corte mudaram-se para a maravilhosa cidade de Ys, localizada às margens do oceano. Para proteger as casas das tempestades e das marés, ele construiu enormes diques e entregou as chaves a Dahut. Após algum tempo, um jovem estranho chegou ao palácio e afirmou ser um fantástico tocador de alaúde. Na verdade, ele era um mago maligno que buscava vingança contra Gradlon, que o exilara anos antes. Então, numa noite, ele se aproximou de Dahut, hipnotizou-a com sua música mágica e a convenceu a lhe entregar as chaves dos diques. Em seguida, correu para abri-los e inundou Ys. Todos os habitantes conseguiram escapar, incluindo o rei e a filha, mas a cidade afundou. Até hoje, ainda é possível ver suas ruínas no fundo do mar.

180 A LEOA E A RAPOSA
Uma fábula de Esopo

Uma raposa e uma leoa viviam na mesma floresta. Sempre que a raposa encontrava a vizinha, cumprimentava-a com muitos sorrisos lisonjeiros. Enquanto isso, pensava: "Ela é forte e corajosa, mas sou mais astuta que ela!". Algum tempo depois, ambas se tornaram mães: a raposa teve cinco filhotes, enquanto a leoa deu à luz um lindo filhote. Um dia, os dois animais com seus filhotes se encontraram em um campo. A raposa foi até a leoa para bajulá-la, como de costume, e então viu o filhote, que era maravilhoso e orgulhoso. Despeitada, não pôde evitar dizer: "Quem diria que, sendo tão poderosa e grande, você teria apenas um filhote, e eu, tão pequena, teria cinco!". A leoa sorriu e respondeu: "Você está certa. Tive apenas um filhote, mas, como você sabe, um dia, ele será o rei de todos os animais". A raposa abriu a boca para responder, mas não conseguiu pensar em nada, então teve que se retirar.

O CAVALO ENCANTADO

Um conto de *As mil e uma noites*

181 Parte I: Uma invenção incrível

Todos os anos, o rei da Pérsia organizava uma festa maravilhosa em seu palácio, com efeitos especiais e engenhocas impressionantes. Um artesão lhe mostrou um objeto extraordinário: um cavalo mecânico que podia voar. O rei ficou fascinado e perguntou: "O que você deseja em troca do cavalo?". O artesão respondeu: "Quero me casar com sua filha, a princesa". O filho do rei, príncipe Firuz, exclamou: "Você não pode dar a princesa a este homem em troca de uma invenção bizarra!". O homem se aproximou dele e disse: "Por que não sobe em meu cavalo? Tenho certeza de que o achará digno de qualquer recompensa!". O príncipe subiu no cavalo, mas não sabia como guiá-lo, então pressionou um botão e... subiu, desaparecendo nas nuvens. O rei, furioso, chamou os guardas: "Prendam este homem!". Firuz continuou voando, até que puxou uma alavanca e conseguiu pousar. Parou em um campo e caminhou em direção a um palácio no meio da selva.

182 Parte II: A princesa de Bengala

Firuz foi recebido pela bela princesa de Bengala, que lhe ofereceu hospitalidade. Com o passar dos dias, os dois se apaixonaram. Firuz pediu à jovem que se tornasse sua esposa, e ela aceitou. Juntos, retornaram à Pérsia no cavalo encantado. O rei abraçou o filho e libertou o artesão. No entanto, o homem, ressentido e em busca de vingança, convenceu a princesa a subir no cavalo mecânico e a levou para Caxemira. Assim que chegaram, a princesa pediu ajuda ao sultão, que imediatamente prendeu o artesão. Contudo, ao vê-la, o sultão se apaixonou à primeira vista e declarou: "Você não pode partir. Quero que seja minha noiva". A princesa sofreu por sentir falta de Firuz e adoeceu gravemente. Médicos de todo o mundo tentaram, sem sucesso, curá-la. Firuz, que nunca deixara de procurá-la, soube da situação e foi ao tribunal de Caxemira disfarçado de sábio. "Deixe-me falar com a princesa. Tenho certeza de que posso curá-la", prometeu ao sultão. Assim, Firuz e a princesa conseguiram escapar e voltar à Pérsia montados no cavalo mecânico.

183 A ORIGEM DO GATO
Um conto tradicional africano

No início dos tempos, a leoa não dava à luz apenas um filhote, como acontece hoje, mas, sim, a muitos filhotes. Eles eram brincalhões, sempre prontos a saltar e a mostrar as garras, assim como faziam os leões adultos. A mãe os observava correr o dia todo e adormecer exaustos à noite. Mas ela se perguntava: "Serão eles corajosos?". Uma manhã, decidiu descobrir. Ela se levantou cedo e se escondeu atrás de um arbusto. Quando os filhotes acordaram, não encontraram a mãe e olharam ao redor, preocupados. De repente, a leoa apareceu e pulou sobre eles, rugindo. Todos os filhotes correram assustados, exceto um, que rugiu de volta e atacou a mãe. A partir daquele dia, aquele filhote foi o único bebê da leoa e se tornou um leão forte e corajoso, enquanto os irmãos não cresceram e se tornaram gatos.

184 O PRESENTE DA COBRA
Um conto de fadas siberiano

Um pobre camponês havia salvado uma cobra de um urso feroz. Para agradecer a ele, o animal lhe deu um pequeno baú mágico. O homem tentou abri-lo, mas, achando que a cobra o enganara, lançou o baú contra a parede. O pequeno baú se abriu e transformou-se em uma mesa cheia de alimentos. O homem comeu e, em seguida, foi dormir. No dia seguinte, foi à floresta colher frutas vermelhas e negras: ao comer as vermelhas, grandes chifres cresceram em sua cabeça; ao comer as negras, os chifres desapareceram. Ele guardou algumas frutas no bolso e caminhou de volta para sua cabana. No trajeto, encontrou seu vizinho e lhe mostrou o que o baú da cobra podia fazer. O vizinho, com inveja, pegou-o das mãos do camponês. O camponês ofereceu-lhe uma fruta vermelha, e chifres apareceram na cabeça do homem. "Vou livrá-lo deles se me devolver o baú", disse o camponês. O vizinho concordou, e o camponês deu-lhe uma fruta negra. Então, pegou o presente da cobra e foi embora.

CINCO EM UMA VAGEM

Um conto de fadas de H. C. Andersen

185 ## Parte I: O berrante

Em um maravilhoso dia ensolarado, uma criança encontrou uma vagem de ervilha enquanto brincava no jardim. Ela não sabia que dentro da vagem havia cinco ervilhas que não faziam nada além de se perguntar como seria o mundo lá fora. A criança olhou cuidadosamente para a vagem e pensou em voz alta: "O que posso fazer com isso? Claro, é isso! Vou atirar as ervilhas com meu berrante". A criança entrou na casa para pegá-lo, chamou os amigos, e todos subiram uma colina atrás da casa. "Elas voarão para longe!", exclamou, feliz.

186 ## Parte II: O voo

A criança abriu a vagem, preparou-se, soprou forte o berrante, e lá se foram elas! A primeira ervilha foi imediatamente lançada para fora da vagem: o vento castigava seu rosto, e, ao redor, havia campos verdes e amarelos e casas com telhados vermelhos. "Meu sonho finalmente se realizou! Aqui vou eu, mundo!", gritou, feliz por poder ver algo diferente da vagem onde nascera com as irmãs. A segunda gritou: "Rumo ao sol!", enquanto se aproximava do calor dos raios solares. "Dê-nos um travesseiro, queremos descansar!", disseram as outras duas, bocejando, enquanto eram lançadas pelo berrante.

187 ## Parte III: A quinta ervilha

Então chegou a vez da quinta e última irmã. "Não sei nada sobre o mundo. Qual será meu destino?", ela sussurrou, preocupada. "Estarei sozinha ou farei novos amigos?".

Naquele momento, a criança soprou o berrante novamente, e a ervilha disparou pelo céu, cada vez mais rápido, até aterrissar em uma fissura no parapeito da janela de uma casa branca ao pé da colina. A ervilha viu que naquela humilde casa vivia uma mulher pobre, que passava quase todo o dia fora trabalhando e ganhando dinheiro para sustentar a única filha.

188 Parte IV: O broto de ervilha

A menina dormia no quarto em cuja janela a ervilha caíra. Estava muito doente e passava todo o tempo na cama, triste e fraca. Um dia, no entanto, o sol iluminou o quarto, e a menina notou algumas folhas no parapeito da janela. Então, com as poucas forças que tinha, exclamou: "Mamãe! Venha aqui!". A mãe, que estava em casa, correu para o quarto, preocupada. Mas, assim que viu para o que a menina apontava, ela sorriu. "Oh! É um broto de ervilha!", exclamou. "Que maravilha!", disse a menina.

189 Parte V: O propósito da pequena ervilha

A mãe da menina decidiu mover a cama dela para perto da janela, para que ela pudesse ver o broto crescer. Então, choveu por vários dias, e a ervilha sentiu que estava ficando mais forte e mais alta. A menina adorava assistir às pequenas folhas verdes crescendo a cada dia e, conforme a planta crescia, ela também ficava mais saudável. As semanas se passaram e, finalmente, um dia, ela conseguiu sair da cama e caminhar até o parapeito da janela para observar de perto a pequena planta de ervilha. "O céu nos enviou o pequeno broto para que você pudesse se curar!", exclamou a mãe, abraçando-a. "Que destino maravilhoso!", pensou a pequena ervilha, orgulhosa por ter sido tão útil a alguém.

O LEÃO E O RATO
Uma fábula de Esopo

190   Parte I: O leão divertido

Ao anoitecer, um rato que passeava pela floresta à procura de nozes acabou subindo, sem perceber, nas costas de um leão adormecido. "A grama é tão macia! Parece quase um tapete!", ele exclamou, pulando alegremente. O leão sentiu algo o incomodando, acordou e, ao ver o rato, rugiu ferozmente, agarrando-o com a pata, pronto para devorá--lo. Mas o rato, que realmente não queria ser comido, não entrou em pânico. Em vez disso, disse, ofegante: "Pare, leão! Er... er... Se me salvar... er... er... Prometo que não vai se arrepender! Confie em mim!". Ele se contorcia de maneira tão engraçada que o leão o achou bem divertido e o deixou ir, com uma risada. "Se você diz!", respondeu o felino, voltando a dormir.

191   Parte II: A armadilha

O tiverarato estava verdadeiramente surpreso: tivera muita sorte! Ele correu, continuando a procurar nozes. Depois de algum tempo, o leão caminhava orgulhosamente pela floresta, quando caiu em uma armadilha preparada pelos caçadores, e se viu pendurado de cabeça para baixo em uma árvore. "Meu Deus, estou perdido!", ele se queixou, contorcendo-se para se libertar. Estava ali havia um tempo, quando, de repente, ouviu uma voz: "Promessa é promessa!". Era o rato, na habitual  caminhada noturna. A rede que mantinha o leão aprisionado era realmente grande, mas o rato começou a roê-la pacientemente e, pouco a pouco, libertou o leão! Desde aquele dia, os dois se tornaram melhores amigos, e o leão sempre carregava o rato nas costas.

192 A TORRE DE BABEL
Uma história bíblica

Há muito tempo, Deus criou os homens e disse: "Percorram a Terra, encontrem um lugar de que gostem e preencham-no com seus filhos e filhas". Alguns se estabeleceram perto de um rio ou nas montanhas, enquanto outros decidiram viver em uma grande planície. Mas, um dia, alguém sugeriu: "Por que não construímos uma cidade maravilhosa e majestosa? Todos falarão sobre ela! No centro, construiremos uma torre tão alta que chegará ao céu e alcançará a casa de Deus". Todos ficaram entusiasmados e começaram a construir a torre, mas isso não agradou ao Criador: "Eles são tão arrogantes que pensam que podem me alcançar!". Então, como punição, Deus fez com que as pessoas não falassem mais a mesma língua. Foi assim que, quando um homem dizia ao companheiro onde colocar um tijolo, ele não entendia as instruções. Assim, não conseguiram terminar a construção da torre, e nasceram as várias línguas do mundo.

193 O MACACO E O GOLFINHO
Uma fábula de Esopo

Na Grécia Antiga, havia um marinheiro que nunca se separava de seu macaco. Ele o tratava como criança: fazia-o usar calças e casacos, e o animal, muito inteligente, rapidamente aprendeu a falar. Durante uma viagem marítima, o navio em que estavam foi pego por uma tempestade. As ondas destruíram a embarcação, jogando a tripulação na água. Um golfinho que passava por ali viu o macaco se agarrando a um barril e, confundindo-o com uma criança, o levou com ele. "Para onde você estava indo?", perguntou o golfinho. "Para minha mansão em Atenas. Sou de família nobre!", explicou o macaco. O golfinho sentiu-se honrado por ter salvado uma pessoa tão distinta e disse: "Então certamente conhece Pireu!". O macaco não tinha ideia de que Pireu era o porto de Atenas e respondeu: "Claro! Somos melhores amigos". O golfinho, então, percebeu que fora enganado, jogou o macaco de volta à água e seguiu seu caminho.

O DESAFIO DO REI
Um conto de fadas italiano

194 — Parte I: Os três irmãos

Era uma vez um rei de um grande reino, bastante idoso, que precisava escolher um herdeiro entre os três filhos. Ele amava a todos e, como não sabia como tomar uma decisão tão difícil, lançou um desafio: "Lance uma pedra, e encontrará sua noiva. Aquele que ficar com a noiva mais bela herdará o trono". Assim, os três irmãos se reuniram nos jardins do castelo para lançar as pedras. A pedra do primeiro príncipe caiu perto de uma padeira de cabelo arrepiado no topo da cabeça, dentes tortos e grande barriga redonda. A do irmão do meio caiu perto de uma sapateira sem dentes, magra como um cabo de vassoura e pálida como um fantasma. Infelizmente, a pedra lançada pelo filho mais jovem caiu em um lago, onde vivia uma rã verde-esmeralda.

195 — Parte II: A noz mágica

Como nenhuma das três noivas era muito bonita, o rei sugeriu: "A garota que me tecer o tecido mais precioso se tornará rainha". No dia seguinte, os irmãos mais velhos trouxeram-lhe tecidos feios e baratos, enquanto o mais jovem lhe trouxe uma noz que a rã lhe dera. "Abra-a!", disse o rapaz ao pai, que estava bastante confuso. Dentro da casca, havia um pequeno tecido ricamente decorado. O rei, que não compreendia como o filho poderia se casar com uma rã, abriu os braços e foi forçado a dizer: "Que assim seja! Case-se e reine sobre todos!". E, assim, após semanas de preparativos, o dia do casamento finalmente chegou. Tão logo a coroa reluzente foi colocada sobre sua cabeça, a rã se transformou em uma bela moça. Assim, todos aqueles que haviam zombado dela e do príncipe entenderam que nunca se deve julgar alguém pela aparência.

196 HÉRCULES E O CARRETEIRO
Uma fábula de Esopo

Um jovem fazendeiro conduzia sua carreta a toda velocidade sob uma chuva torrencial. "Tenho que chegar ao mercado a tempo de conseguir o melhor lugar e vender todas as minhas coisas", pensava ele. De repente, a carreta parou, e o jovem foi lançado ao chão, caindo na lama. Levantou-se, molhado e sujo, e viu que uma das rodas estava presa em um buraco. "E agora? O que vou fazer sozinho?", reclamou ele. "Hércules, por favor, me ajude!" O lendário herói, que tirava uma soneca no Monte Olimpo, ouviu o chamado e decidiu descer à Terra. "Caro amigo", disse ele ao fazendeiro, "se você não se ajudar, também não poderei ajudá-lo!", e desapareceu. O jovem parou para pensar, pegou alguns paus grandes e os colocou sob as rodas. Então, esporeou os cavalos. Em poucos minutos, a carreta estava livre, e ele conseguiu chegar ao mercado e vender todas as suas coisas. Se você quer algo bem-feito, faça você mesmo!

197 A GAIVOTA E A RAPOSA
Uma história tradicional do Sul dos Estados Unidos

Uma gaivota construiu um ninho em uma árvore ao lado de um lago, mas uma raposa sequestrou todos os seus filhotes. "Vocês serão grandes raposas!", disse ela, carregando-os em um saco. Durante a noite, porém, a gaivota recuperou seus bebês e os substituiu por agulhas de pinheiro. Assim que a raposa colocou o saco no ombro, sentiu uma picada. "Vocês têm bicos afiados! Estão com fome?" Quando percebeu que havia sido enganada, correu até a gaivota e a empurrou contra uma rocha. "Ainda bem!", exclamou a ave. "Por quê?", perguntou a raposa. "Esta rocha estava prestes a cair. Ajude-me a segurá-la ou ela nos achatará!". A raposa, ingênua, fez o que lhe foi pedido, mas a gaivota voou para longe, dizendo: "Volto mais tarde para ajudá-la!". Quando a raposa entendeu que havia sido enganada, admitiu: "Você é mais astuta que eu!". "Finalmente percebeu isso!", respondeu a gaivota.

A RAINHA DA NEVE
Um conto de fadas de H. C. Andersen

198 Parte I: O jardim suspenso

Gerda e Kay eram dois amigos que viviam um ao lado do outro. Passavam muito tempo juntos e nunca se separavam. Durante a primavera, brincavam alegremente entre as rosas de seu jardim suspenso, enquanto no inverno se aninhavam no sofá, diante da lareira, ouvindo as histórias da temida Rainha da Neve que a avó de Kay costumava contar. Numa noite, durante uma terrível tempestade, a janela da sala se abriu, e o vento trouxe para dentro um fragmento de gelo: ele penetrou no coração de Kay, tornando-o frio e indiferente. A partir daquele dia, ele não via mais a amiga Gerda.

199 Parte II: O trenó da rainha

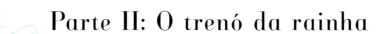

Gerda tentou mudar o comportamento de Kay, mas foi em vão, e as duas crianças pararam de brincar juntas. Um dia, Kay viu um trenó grande e brilhante na praça da aldeia. Era completamente branco e parecia feito de neve. Só por diversão, ele amarrou seu pequeno trenó a ele, mas o trenó de repente decolou e o arrastou junto. Quando pararam, Kay viu uma mulher alta e loira, com pele transparente e olhos gelados. Ela desceu do trenó, caminhou até ele e lhe deu um beijo na testa, apagando todas as lembranças das pessoas que ele amava. Então, ela o fez se sentar ao seu lado, e partiram novamente.

200 Parte III: Em busca de Kay

Enquanto isso, Gerda percebeu que Kay não tinha voltado para a aldeia, então saiu em busca dele. Chegou ao rio, subiu em um pequeno barco e chegou à casa de uma bruxa. A mulher lhe deu cerejas mágicas para comer, e, enquanto escovava o cabelo, Gerda se esqueceu de tudo: do amigo, de sua missão, do jardim suspenso... Mas, um dia, enquanto caminhava no jardim da bruxa, viu uma rosa, e todas as memórias retornaram. Ela partiu e encontrou alguns fazendeiros, os quais lhe disseram que tinham visto um menino parecido com Kay em um castelo próximo, mas descobriu que lá morava um príncipe.

201 Parte IV: A rena

O jovem ouviu sua triste história e lhe deu uma carruagem dourada para que pudesse continuar a viagem. Infelizmente, a carruagem brilhante chamou a atenção de alguns bandidos, os quais a sequestraram para pedir resgate. Mas Gerda não tinha dinheiro nenhum, e eles decidiram levá-la para seu esconderijo, para que ela pudesse brincar com a filha do chefe. Gerda contou à nova amiga tudo o que havia acontecido com ela e Kay, e uma rena que ouvia tudo disse: "Sei onde está seu amigo. Ele é prisioneiro no castelo da Rainha da Neve!". "Você pode me levar até lá?", perguntou Gerda. "Claro. Suba em minhas costas!". As duas se despediram da filha do chefe e partiram.

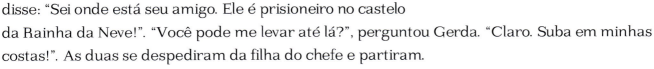

202 Parte V: O castelo de gelo

Após longa jornada na neve, Gerda e a rena pararam em frente à grande porta do palácio de gelo da Rainha. Viram Kay nos degraus, sozinho, tentando resolver um quebra-cabeça impossível, feito de fragmentos de gelo. Gerda correu para abraçá-lo e, ao fazê-lo, começou a chorar: suas lágrimas conseguiram derreter o gelo que envolvia o coração de Kay, e ele recuperou todas as lembranças perdidas. O quebra-cabeça se completou como por magia. Kay e Gerda, felizes por finalmente estarem juntos, subiram nas costas da rena e voltaram para casa a tempo de ver suas rosas desabrocharem no pequeno jardim suspenso.

203 A TARTARUGA E A ÁGUIA
Uma fábula de Esopo

Era uma vez uma tartaruga muito teimosa. Quando queria algo, ninguém conseguia convencê-la a desistir. Um dia, ela decidiu que aprenderia a voar. "Desista!", os amigos a alertaram, mas a tartaruga não deu ouvidos a eles. "Quero voar!", ela disse à águia, que olhou para ela de cima: "Você sabe que é uma tartaruga, certo?". "Claro!" "Você sabe que não tem asas, certo?" "Claro!", ela respondeu novamente. "E como acha que vai voar?" "Quando quero algo, sempre consigo", respondeu a tartaruga, orgulhosa. Ela importunava a águia todos os dias, até que a águia a levou para o céu e depois a soltou. A tartaruga caiu no mar e nadou até chegar à praia, exausta. Também estava com sede e caminhou até chegar em casa e adormeceu... por um mês, seis dias, dez minutos e cinquenta segundos. Quando acordou, chamou a águia e os amigos e disse: "Peço desculpas. Fui muito teimosa. A partir de agora, ouvirei os conselhos de vocês!". E assim ela o fez.

204 A VACA E O CACHORRO
Um conto tradicional africano

No início dos tempos, quando homens, mulheres e crianças não existiam, os animais eram muito diferentes do que são hoje. A vaca, por exemplo, não demorava uma eternidade para mastigar, mas tinha presas assustadoras. Ela sorria, e tigres, leões e até elefantes corriam! Andava orgulhosamente, balançando o rabo, como se fosse a rainha do mundo. O cachorro, por outro lado, era mal--humorado, sempre entediado, e não fazia nada o dia todo. Sua boca era tão pequena quanto um formigueiro, e ele falava o mínimo possível. Um dia, pulando de uma nuvem para outra, a vaca caiu de cara e quebrou os dentes da frente. O cachorro, que passava por ali, caiu na risada. E riu, riu e riu novamente... tanto que sua boca se esticou até as orelhas, e, daquele momento em diante, ele virou tagarela e brinca com todos.

O GALO, O GATO E O RATO

Uma fábula de J. de La Fontaine

205 ## Parte I: Os dois estranhos

Um jovem rato vivia em seu ninho confortável com os irmãos, as irmãs e a mãe. Um belo dia, sentiu que era suficientemente maduro para deixar a família e viajar pelo mundo sozinho, para viver muitas aventuras emocionantes. Ele colocou um saco com suprimentos no ombro e deixou o ninho, dizendo adeus para a família. Passou por uma fazenda e encontrou dois gigantes. Um tinha rosto doce e gentil e pelo fofo e macio, enquanto o outro era bastante feio, com pés com garras afiadas e crista vermelha estranha na cabeça. "Miau!", disse o primeiro gigante, sorrindo. "Olá. Você quer brincar comigo?", o jovem rato perguntou a ele. "Cocoricó!", gritou o segundo gigante, bloqueando o caminho do jovem rato, que pulou para trás, assustado. "Cocoricó!", repetiu o gigante, de forma ameaçadora. Então, o jovem rato correu como o vento de volta para casa.

206 ## Parte II: Um bom conselho

"Você voltou tão cedo! O que aconteceu?", perguntaram a mãe e os irmãos assim que ele entrou no ninho. "Cheguei a uma fazenda e havia um gigante bom que disse MIAU porque queria brincar comigo", explicou o jovem rato, tremendo. "Eu teria gostado de ser amigo dele, mas, infelizmente, outro gigante gritou *COCORICÓ*. Tenho certeza de que ele queria me comer! E então eu fugi." A mãe, que ouvira a história sem dizer uma palavra, sorriu. "Meu querido, o animal que você achou que era seu amigo era, na verdade, um gato. Ele é o maior inimigo dos ratos e estava prestes a devorá-lo, não a brincar com você! O outro era um galo e salvou sua vida ao intervir. Ele não queria machucá-lo." O jovem rato assentiu: "Agora entendo! Não se deve julgar as pessoas pela aparência!". Então, mãe e filho correram para fora, para agradecer ao galo prestativo.

97

207 COMO AS ESTAÇÕES DO ANO COMEÇARAM
Um conto mitológico grego

Há muito tempo, frutas e flores cobriam a Terra o ano todo graças a Deméter. Uma manhã, sua filha, Perséfone, saiu para colher algumas flores, mas não voltou. Deméter a procurou por toda parte. Então, uma coruja lhe disse: "O deus do submundo, Hades, a sequestrou, porque está apaixonado por ela". Deméter pediu ajuda ao irmão, Zeus, mas ele se recusou a intervir. Com isso, ela anunciou: "Não haverá frutas nem flores, e todos morrerão de fome". Zeus não podia permitir isso, então ordenou que Hades deixasse Perséfone ir: "Somente se ela ficar comigo no submundo seis meses por ano". Quando pôde abraçar Perséfone, Deméter ficou tão feliz que a primavera e depois o verão floresceram. Mas, após seis meses, a menina teve que voltar para Hades, e, assim, a deusa trouxe o outono e depois o inverno.

208 AS DUAS RÃS VIZINHAS
Uma fábula de Esopo

Duas rãs eram vizinhas. Uma vivia em uma poça no centro de uma estrada muito movimentada e, toda vez que saía, corria o risco de ser atropelada por carroças; a outra vivia em um lago e passava os dias nadando e mergulhando. "Por que não vem morar comigo?", ela perguntava à vizinha todos os dias. "Você estaria segura e se divertiria muito." "Minha casa é linda", respondia a outra, "e eu jamais poderia abrir mão do som dos cascos, da poeira que me cobre quando o vento sopra, de uma vida cheia de coisas inesperadas. É tão divertido! Amo a liber...". *Splat!* Um tijolo caíra de uma carroça e aterrissara bem na cabeça da rã. "Eu avisei a ela!", disse a outra rã, pulando de volta na água, enquanto a vizinha pulou em direção à calçada oposta, com um galo na cabeça.

AS TRÊS IRMÃS

Um conto de fadas português

209 — Parte I: Os presentes mágicos

Era uma vez três irmãs que cuidavam muito do irmãozinho, Luís. Mas, um dia, as três meninas desapareceram misteriosamente. Luís decidiu encontrá-las, então pediu ajuda a um feiticeiro. Ele recebeu três presentes mágicos: botas que podiam levá-lo a qualquer lugar que desejasse, um chapéu que o tornava invisível e uma chave que podia abrir qualquer porta. Luís calçou as botas e se viu diante da porta de um castelo. Graças à chave, entrou e encontrou a irmã mais velha e seu marido, meio homem e meio corvo. "Quem fez isso com você?" "O dono do castelo, um terrível ogro." Então ele deu a Luís uma de suas penas: "Acaricie-a se precisar de mim".

210 — Parte II: O ogro

Luís agradeceu e continuou sua jornada. Depois de um tempo, viu a segunda irmã com seu marido: o ogro o transformara em meio homem e meio peixe. Ele ofereceu a Luís uma de suas escamas, para o caso de necessidade. Finalmente, Luís chegou a uma caverna, onde estava a terceira irmã. "O ogro quer se casar comigo. Se eu recusar, ele vai me matar." "Diga sim", sugeriu Luís, "mas apenas se ele revelar seu segredo." Então colocou seu chapéu e ficou invisível.

211 — Parte III: Os ovos da pomba

Assim que o ogro apareceu, a garota sugeriu o acordo, e o monstro respondeu: "Meu segredo é um baú no fundo do mar. Ele contém uma pomba que põe ovos mágicos. Apenas esses podem me matar". Sem perder tempo, Luís esfregou a escama e disse ao homem-peixe: "Encontre o baú". Em seguida, ordenou ao homem-corvo: "Siga a pomba e traga-me seus ovos". Assim que os teve nas mãos, Luís jogou os ovos no ogro, que desapareceu instantaneamente. Os maridos das irmãs voltaram a ser humanos, e todos foram para casa juntos.

99

JOÃO E O PÉ DE FEIJÃO
Um conto tradicional inglês

212 Parte I: Os feijões do velho

Um jovem chamado João e sua mãe viviam em uma humilde cabana na floresta. Infelizmente, eles eram muito pobres e, um dia, ficaram sem um centavo. "Vá vender nossa vaca no mercado", disse a mulher, "ou não teremos nada para comer." No caminho, João encontrou um velho que queria o animal em troca de um saco de feijões mágicos. João aceitou a oferta estranha, mas, quando voltou para casa, a mãe ficou furiosa: "Como você pôde trocar nossa vaca por alguns feijões? O que faremos agora?". E ela jogou o saco pela janela.

213 Parte II: Um castelo acima das nuvens

João foi dormir triste e desanimado, mas, durante a noite, houve uma tempestade terrível: o vento uivava, e chovia torrencialmente. As gotas de chuva caíram no saco de feijões, e as sementes começaram a germinar. De manhã, João e a mãe abriram a porta da cabana e ficaram perplexos: estavam muitos metros acima do chão! A casa estava presa entre os caules de um enorme pé de feijão. João, intrigado, decidiu descobrir o que havia no topo. Ele subiu além das nuvens macias e brancas e, folha após folha, alcançou uma espécie de penhasco, onde viu um enorme castelo, que pertencia a um gigante malvado.

214 Parte III: O gigante

João entrou silenciosamente por uma fenda na porta e, vendo que não havia ninguém lá, foi até uma grande sala de estar. Viu montanhas de moedas de ouro e pedras preciosas por toda parte. Encheu os bolsos e desceu de volta, deslizando pelos caules do pé de feijão. "Não teremos mais problemas com dinheiro!", disse João à mãe, sorrindo. Após um tempo, no entanto, eles ficaram sem moedas de ouro e pedras preciosas, então João subiu no pé de feijão mais uma vez para conseguir mais. Desta vez, na sala de estar do gigante, ele encontrou uma gansa que botava ovos de ouro: ele a pegou e correu para casa, sem pensar duas vezes. João e a mãe ficaram muito ricos e mandaram construir um belo castelo.

215 Parte IV: A harpa mágica

Mas, depois de algum tempo, a mãe de João ficou doente: estava sempre triste e não queria sair da cama. "No nosso mundo, não há cura para sua doença, mas talvez na casa do gigante eu encontre algo que possa fazê-la se sentir melhor", disse o garoto. Ele chegou ao topo do pé de feijão e viu o gigante ouvindo a música de uma harpa. Aquelas notas doces encheram o coração de João de alegria: "Essa é a cura que eu procurava!", ele exclamou. João se aproximou furtivamente da harpa e a pegou, mas não foi rápido o suficiente: o gigante o viu e gritou: "Intruso!".

216 Parte V: A fuga

O gigante avançou, mas João começou a correr a toda velocidade. Mesmo que o pé de feijão balançasse sob o peso do gigante, o jovem, sem fôlego, conseguiu descer antes do monstro e cortou as raízes do pé de feijão com um machado. Quando o gigante estava prestes a alcançá-lo, o pé de feijão se quebrou, caindo na floresta. João estava salvo! Ele chegou ao castelo e, quando a mãe ouviu o som da harpa mágica, ela se curou, e os dois viveram felizes para sempre.

217 O PAPAGAIO ESPERTO
Um conto tradicional indiano

Um homem possuía um papagaio de cores opacas e penas finas. Ele acreditava que poderia vendê-lo e ganhar muito dinheiro, então lhe ensinou a falar. Tentou ensinar-lhe todo o vocabulário, algumas línguas estrangeiras e até algumas piadas. Mas o papagaio sempre repetia a mesma coisa: "Não há dúvida disso!". Então, o homem o levou ao mercado e colocou-o à venda por cem moedas de prata. A maioria dos transeuntes, ao virem um pássaro tão feio e caro, simplesmente passava direto, mas um comerciante rico ficou intrigado e parou. Perguntou ao papagaio: "Você realmente acha que vale tanto dinheiro?". E o animal respondeu: "Não há dúvida disso!". Impressionado com a resposta tão inteligente, o comerciante o comprou. Não demorou muito para ele perceber que havia feito um péssimo negócio e, cheio de arrependimento, gritou: "Eu não deveria ter comprado esse pássaro, fui tolo!". E o papagaio respondeu: "Não há dúvida disso!".

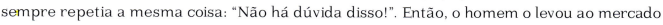

218 O PRÍNCIPE COM NARIZ COMPRIDO
Um conto de fadas de Mme. Leprince Beaumont

Um feiticeiro teve uma briga com um rei e lançou um feitiço sobre ele: "Seu filho terá um nariz muito comprido e não será feliz até admiti-lo". E, assim, o pequeno príncipe realmente nasceu com um enorme nariz. O rei e a rainha o chamaram Jack, criaram-no como uma criança normal e disseram-lhe que não se podia confiar em pessoas com nariz pequeno. Os anos se passaram, e Jack se apaixonou pela princesa Cara, apesar de ela ter um nariz muito pequeno. Infelizmente, o feiticeiro maligno estava sempre à espreita: ele sequestrou a garota e a trancou em um palácio com apenas uma janela muito pequena. Jack a procurou por toda parte e, quando finalmente a encontrou, tentou olhar pela janela, mas não conseguiu por causa de seu grande nariz. "Meu nariz é muito comprido!", o jovem gritou. A maldição foi quebrada: a princesa foi libertada, e o enorme nariz de Jack foi substituído por um nariz perfeito.

219 A CHUVA DE ESTRELAS
Um conto de fadas dos Irmãos Grimm

Era uma vez uma pobre menina órfã que não tinha nada além das roupas que vestia e um pedaço de pão. Uma tarde de inverno, ela viu um mendigo, que disse: "Estou com tanta fome". A menina deu-lhe seu pão, sem pensar duas vezes. Em seguida, ela viu uma menina dormindo encolhida por causa do frio. Ela colocou seu casaco sobre a menina e foi embora. À noite, a órfã ouviu um bebê chorando: debaixo de uma árvore havia uma mãe com o filho. Ela tirou o vestido e o deu à mulher: "Se você o cobrir com isso, talvez ele se acalme!". Vestindo apenas uma fina combinação, a menina atravessou os campos e parou para olhar o céu. De repente, as estrelas brilharam como fogos de artifício e caíram, transformando-se em uma montanha de moedas de ouro. A partir daquele dia, a menina nunca mais teve fome ou frio.

220 O FAZENDEIRO E A ÁGUIA
Uma fábula de Esopo

Um fazendeiro encontrou uma águia presa em uma rede e a libertou. A ave subiu às nuvens, enquanto ele a observava: "É assim que você deve viver: livre, olhando para o mundo lá de cima!". No dia seguinte, depois de trabalhar muitas horas, o homem viu uma casa abandonada e pensou: "Este é o lugar perfeito para uma boa soneca!". Ele se recostou na parede, puxou o chapéu para baixo e adormeceu. Depois de um tempo, a luz do sol o acordou: ele não estava mais com seu chapéu. A águia estava no chão à sua frente, com o chapéu entre as garras. O fazendeiro correu atrás dela, mas, cada vez que estava prestes a alcançá-la, ela voava um pouco mais longe: "Pássaro ingrato! Devolva meu chapéu!". Contudo, um barulho alto o fez se virar: a casa que ele escolhera para descansar alguns minutos antes tinha desabado! A águia deixou o chapéu no chão e voou para cima. O fazendeiro olhou para ela voando e pensou: "Obrigado, minha amiga. Foi você quem me salvou desta vez!".

O SOLDADINHO DE CHUMBO

Um conto de fadas de H. C. Andersen

221   Parte I: O castelo de papelão

Um menino abriu a caixa de estanho que acabara de receber como presente de aniversário. "Uau! É um presente maravilhoso!", ele gritou assim que viu o que havia dentro: doze soldadinhos de chumbo, todos deitados lado a lado, organizados e brilhantes. Entre eles, havia um com apenas uma perna, e, é claro, ele se tornou o favorito do menino. No quarto do garoto, havia também um grande e colorido castelo de papelão e, ao lado dele, uma bailarina dançando na ponta dos pés. Ela usava um tutu de tule azul-claro e tinha rosto doce e delicado.

222   Parte II: O soldadinho de uma perna

À meia-noite, quando todos estavam dormindo, os brinquedos ganharam vida. Enquanto marchava com os companheiros, o soldadinho viu a bailarina dançando e foi até ela, deixando os amigos. "Ela é tão linda! Eu já a amo!", ele pensou, olhando para ela. A bailarina sorria, e ele disse a si mesmo: "Ela deve me amar também!". Na manhã seguinte, o menino acordou e viu que o soldadinho estava no lugar errado. Ele o colocou no parapeito da janela, mas, de repente, uma rajada de vento fez com que caísse na rua, sob a chuva.

223   Parte III: A viagem de barco

Alguns meninos encontraram o soldadinho de chumbo; eles o pegaram e colocaram-no em um barco de papel para que pudesse navegar pelos esgotos ao lado da calçada. Mas a correnteza levou o barco de papel cada vez mais longe, e, então, o soldadinho acabou nos esgotos. Ele se viu no escuro pela primeira vez e ficou um pouco assustado, mas então viu uma luz: o túnel se abriu para um lago no campo. O soldadinho nem teve tempo de dizer: "Finalmente!", quando um grande peixe viu o barco, o virou e o engoliu inteiro. O soldadinho de chumbo estava desesperado, mas não perdeu a esperança e pensou na bailarina, esperando vê-la novamente muito em breve, apesar daquela desventura.

 224 Parte IV: Dentro do peixe

O soldadinho passou vários dias na barriga do peixe, triste e sozinho, mas, felizmente, o peixe foi capturado e levado ao mercado da cidade, onde adivinhe quem o comprou? A mãe do menino a quem ele havia sido dado! Quando chegou em casa, a mulher começou a limpar o peixe para o jantar e ficou muito surpresa ao encontrar o soldadinho. "Olhem o que encontrei aqui!", ela gritou, entregando-o ao menino, que pulou de alegria, porque, finalmente, tinha seu brinquedo favorito de volta. Por sua vez, o soldadinho estava muito feliz, porque tinha certeza de que em breve poderia conversar com a amada bailarina.

225 Parte V: Juntos novamente

O menino lavou e poliu o soldadinho cuidadosamente e, em seguida, levou-o para o quarto, colocando-o dentro da caixa, ao lado dos companheiros. À meia-noite, como de costume, o soldadinho de chumbo ganhou vida e, sem perder tempo, correu para a bailarina. Ele contou-lhe todas as aventuras que viveu e disse que sempre pensava nela durante os momentos difíceis, porque a amava muito. A bailarina declarou seu amor por ele, então os dois se abraçaram, felizes, e, a partir daquele dia, nunca mais se separaram.

226 — A MÁSCARA DA BELA
Um conto de fadas português

Era uma vez uma garota muito bonita, mas nada feliz. Durante o dia, ela não podia sair sem que alguém a parasse para lhe dar flores. Durante a noite, não conseguia dormir porque os pretendentes ficavam sob sua janela fazendo serenata. Exasperada, ela contou tudo à amiga, que lhe deu uma máscara: "Com esse nariz verrugoso, ninguém vai incomodá-la". A partir desse momento, a garota estava livre para andar por aí, já que ninguém a reconhecia. Depois de um tempo, ela começou a trabalhar como empregada no palácio real e se apaixonou pelo herdeiro do trono. Durante um baile, ela apareceu sem a máscara. O príncipe ficou fascinado, mas ela desapareceu entre os convidados. No dia seguinte, enquanto cuidava da limpeza, ouviu o jovem dizendo ao pai: "Assim que eu a encontrar, vou me casar com a bela desconhecida que vi na festa". Então, ela correu até o príncipe e tirou a máscara. Os dois se abraçaram e logo se tornaram marido e mulher.

227 — OS QUATRO PRÍNCIPES CISNES
Uma lenda irlandesa

Na Irlanda, há muito tempo, viviam criaturas mágicas. Seu rei tinha quatro filhos, a quem amava muito, mas sua esposa, madrasta dos meninos, tinha ciúme deles e os transformou em quatro cisnes brancos. O feitiço não podia ser quebrado, e, em meio às lágrimas, o rei implorou aos filhos que ficassem em casa, mas, embora pudessem falar, os cisnes tinham os mesmos desejos que as aves e não queriam viver em terra firme. Assim, passaram trezentos anos em um lago, conforme o feitiço exigia. Por mais trezentos anos, tiveram que viver no mar, onde as tempestades frequentemente os jogavam contra as rochas, e, pelos últimos trezentos anos, viveram no oceano, onde ondas gigantes colocavam suas vidas em risco. Então, eles voltaram a ser humanos e finalmente puderam retornar ao pai. Desde então, a caça aos cisnes é proibida: eles podem ser magos ou elfos!

A POMBA E A FORMIGA

Uma fábula de J. de La Fontaine

228   Parte I: A formiga em perigo

Uma formiga caminhava perto de um rio procurando comida, quando viu uma uva flutuando na água. "Eu poderia ter uma refeição deliciosa!", pensou. Ela tentou pegá-la, mas, como a uva estava um pouco longe, teve que esticar as pernas e até as antenas. Ela quase a alcançou, quando... a uva foi levada pela correnteza, e a pobre formiga acabou na água! Ela estava condenada, pois as formigas podem escalar coisas e levantar grandes pesos, mas, por algum motivo, não conseguem nadar! A pobre formiga estava se afogando e tentou agitar as pernas para se manter à tona, mas foi tudo inútil. Então, com seu último fôlego, ela começou a gritar: "Estou me afogando! Socorro!".

229   Parte II: Dois bons atos

Bem nesse momento, uma pomba branca passou voando. Assim que ouviu o grito da formiga, voou até uma árvore e puxou uma folha de um galho. Ela jogou a folha para o pequeno inseto, que, com grande esforço, subiu nela e chegou à margem. Tudo graças àquela ave! Após algum tempo, a pomba estava empoleirada no galho de uma macieira pensando nos próprios assuntos, quando um caçador se aproximou dela, pronto para capturá-la. A formiga, que passava debaixo daquela árvore, viu que sua salvadora estava em perigo, então correu em direção ao caçador, subiu na perna dele, entrou dentro da meia e o mordeu o mais forte que pôde. "Ai, ai, ai!", ele gritou, disparando – *BANG!* – para o alto. A pomba se assustou e voou para longe, mas, enquanto subia aos céus, ouviu a formiga gritar: "Viu? Boas ações nunca são pequenas!".

JOÃO E OS TRÊS PRESENTES MÁGICOS
Uma fábula tradicional europeia

230 — Parte I: O burro e a toalha

João crescera com a madrasta, a quem amava muito. Um dia, o rapaz conseguiu um emprego em uma pequena loja na cidade e teve que deixar a mulher, mas prometeu que a visitaria em breve. João trabalhou duro durante todo o mês e, quando o dia do pagamento chegou, o patrão, um homem justo e generoso, deu-lhe um burro mágico, que cuspia dinheiro quando ele dizia: "Cuspa ouro, cuspa prata". O rapaz ficou intrigado e agradeceu. No mês seguinte, o patrão deu-lhe uma toalha colorida, que, quando ele dizia: "Prepare a mesa!", enchia a mesa com comidas e bebidas saborosas. Nas duas vezes, João partiu para levar os presentes à madrasta, mas, antes de chegar à casa dela, parou para descansar em uma estalagem pelo caminho: pela manhã, encontrou um burro e uma toalha que pareciam iguais aos seus, mas sem poderes mágicos.

231 — Parte II: O porrete encantado

João tinha certeza de que o estalajadeiro o roubara enquanto dormia! Então, voltou e contou tudo ao patrão. No final do mês, o homem deu-lhe um porrete mágico. Como de costume, João partiu para a casa da madrasta e, quando chegou à estalagem, disse ao estalajadeiro: "Esta noite vou confiar meu porrete a você, mas você nunca deve dizer: 'porrete, faça seu trabalho!'". Mas o homem não o ouviu, e, quando disse as palavras mágicas, o porrete o espancou até que ele devolvesse o burro mágico e a toalha a João. Então, o rapaz foi para a casa da madrasta para finalmente mostrar a ela os grandes presentes que o patrão lhe havia dado.

232 A NOIVA DO FAZENDEIRO
Um conto de fadas irlandês

Numa noite, um fazendeiro encontrou alguns duendes na floresta. "Ajude-nos a salvar uma princesa! Se não o fizer, ela será forçada a se casar com um homem que não ama." O fazendeiro concordou e subiu em um cavalo alado com os duendes, e voaram até o palácio do Rei Horn, onde uma festa estava acontecendo. Viram uma linda, mas triste, jovem entre os convidados. Com o auxílio do fazendeiro, os duendes a ajudaram a subir no cavalo alado e partiram. Mas uma bruxa má lançou pedras encantadas na jovem, tornando-a muda. O fazendeiro a acolheu em casa e, com o tempo, se apaixonou por ela. Uma noite, encontrou novamente os duendes e perguntou-lhes como quebrar o feitiço da bruxa. "Leve a princesa de volta ao palácio e deixe-a sentar-se no trono", aconselharam eles. O fazendeiro e a princesa chegaram ao palácio do rei no cavalo alado. Assim que ela se sentou no trono, sua voz foi restaurada. Ela declarou: "Este é o homem com quem quero me casar!".

233 O LOBO E A GARÇA
Uma fábula de Esopo

Um lobo tinha um pequeno osso preso na garganta e andava por aí murmurando: "Darei uma recompensa a quem tirar o osso da minha garganta". "O que ele está dizendo?", perguntou o castor ao sapo. "Ele dará uma recompensa a quem tirar o osso de sua garganta." "Eu teria que colocar minha cabeça entre suas mandíbulas? De jeito nenhum!", respondeu o castor. Perto dali, uma garça estava prestes a bater o recorde de tempo em que ficava em uma perna só. "Três dias, cinco minutos e sessenta segundos", ela dizia, quando o lobo gritou em seu ouvido: "Se você me ajudar, darei uma recompensa!". A garça se assustou e caiu na água. O lobo apontou para a própria garganta. "Se você o ajudar, ele lhe dará uma recompensa", explicou a minhoca. A garça tirou o osso com seu longo bico. "Finalmente!", disse o lobo. "E minha recompensa?", perguntou a garça. "Você já a recebeu! Está viva", explicou o lobo e se afastou, satisfeito.

A LÂMPADA DE ALADIM

Um conto de As mil e uma noites

234 — Parte I: O mapa do tesouro

Um mago maligno possuía um mapa de tesouro muito antigo com uma inscrição: "Somente Aladim pode pegar a lâmpada mágica, ninguém mais". "Não tenho escolha. Tenho que encontrá-lo!", decidiu o homem. Ele chegou à cidade, pediu informações aos habitantes e descobriu onde Aladim morava. Então, bateu à porta do garoto e se apresentou: "Bom dia, jovem! Quero lhe confiar um trabalho que o tornará rico!". Aladim, que era esperto, mas também pobre, aceitou a oferta do mago, e os dois partiram em direção ao deserto. Quando chegaram a um oásis, o mago lançou um feitiço e fez surgir um alçapão escondido sob a areia.

235 — Parte II: O truque do mago

"Desça. A lâmpada é dourada e muito antiga; você a reconhecerá imediatamente. Pegue-a e traga-a para mim." Aladim seguiu as instruções do mago e encontrou a lâmpada. Mas, quando voltou para a entrada e pediu ao mago que o ajudasse a sair, ele respondeu: "Claro. Mas primeiro me dê a lâmpada!" O garoto, que não era nada tolo, respondeu: "Se não me tirar daqui, não a entregarei a você!". "Sim, você entregará." "Não." "Sim, você entregará." "Não." Então o mago perdeu a paciência, empurrou-o para baixo e fechou o alçapão, aprisionando-o.

236 — Parte III: O gênio

Embora estivesse muito escuro lá dentro, Aladim não perdeu a coragem e esfregou a lâmpada mágica para acendê-la. Quando um enorme gênio saiu dela, o jovem ficou boquiaberto, olhando para ele. A criatura mágica fez uma reverência e disse: "Estou à sua disposição, mestre! Faça um desejo!". Aladim não pensou duas vezes e respondeu: "Gostaria que me levasse para a cidade, vestido como um príncipe e com um belo cavalo!". De repente, ele se viu na praça em frente ao palácio do sultão, vestido com roupas elegantes. Nesse momento, a princesa passou pelo portão em sua carruagem. Para Aladim e a encantadora jovem, foi amor à primeira vista!

237 Parte IV: A filha do sultão

Quando o jovem foi ao sultão pedir a mão da princesa em casamento, o sultão lhe disse: "Você terá a minha bênção somente se conseguir construir para ela um palácio maravilhoso, em uma noite!". Aladim pediu ajuda ao gênio, e seus poderes mágicos fizeram um magnífico palácio surgir do nada. O sultão ficou impressionado, e Aladim foi autorizado a se casar com a princesa. Então, eles foram viver no palácio construído pelo gênio. Enquanto isso, o mago descobriu quem era o misterioso príncipe que se casara com a princesa e elaborou um plano para se vingar de Aladim e roubar a lâmpada mágica.

238 Parte V: Um disfarce inteligente

O no páláciomago disfarçou-se de comerciante e apareceu no palácio de Aladim enquanto ele não estava lá, com uma carreta cheia de lâmpadas brilhantes. "Troco lâmpadas novas por usadas", disse ele ao criado. Achando que estava fazendo um bom negócio, o homem entregou a lâmpada mágica ao mago. Assim que obteve a lâmpada, o mago pediu ao gênio que transportasse o palácio da princesa para o meio do deserto, onde ninguém pudesse encontrá-los. No entanto, Aladim conseguiu localizá-los. Ele enganou o mago, fazendo-o beber uma poção para dormir, e recuperou a lâmpada. "Leve-nos de volta para casa", disse Aladim ao gênio. O palácio retornou ao lugar original, e o mago foi punido por tudo o que havia feito.

239 A BATALHA ENTRE PÁSSAROS E PEIXES
Uma lenda polinésia

Há muito tempo, a truta, que ainda vivia no mar, roubou um coco de um papagaio, e isso deu início a uma guerra entre os habitantes do mar e os do céu. O ouriço-do-mar provou ser o guerreiro mais valente: os inimigos atiravam suas lanças contra ele, e até hoje ainda é possível vê-las em sua carapaça. O linguado foi agarrado pela cauda e arrastado sobre as rochas, e foi assim que se tornou tão achatado. A águia teve que enfrentar uma concha feroz, que prendeu uma de suas pernas em suas válvulas. Foi necessário muito esforço para se libertar! Quando a paz foi finalmente restabelecida, os habitantes do mar encontraram um de seus soldados escondido em um buraco. "Truta!", gritaram eles. "Você começou a guerra e se escondeu aqui em vez de lutar?" Então, baniram-na do mar e forçaram-na a se mudar para os rios.

240 O PEQUENO RATO SÁBIO
Uma fábula de J. de La Fontaine

Era uma vez um gato, uma doninha, uma coruja e um rato que viviam no tronco de uma árvore caída. Mas eles não confiavam uns nos outros. Um dia, um caçador armou uma rede ao lado do tronco, e o gato caiu nela. Então, viu o rato e o chamou: "Por favor, me tire daqui antes que o caçador volte! Vou protegê-lo, e a doninha e a coruja não vão mais incomodá-lo". "Eu não sou louco", respondeu o rato, caminhando em direção à floresta. Mas ele percebeu que a doninha e a coruja o estavam seguindo. Então, libertou o gato, que sorriu: "Venha aqui e me abrace, meu amigo. Devo a você minha vida!". "Querido gato", respondeu sabiamente o rato, "prefiro não. Embora você tenha as melhores intenções, gatos comem ratos. Isso é um fato!" E ele desapareceu dentro do tronco.

A PRINCESA BABIOLE
Um conto de fadas da Condessa d'Aulnoy

241 — Parte I: A princesa macaca

Era uma vez uma bruxa maldosa que transformou a pequena princesa Babiole em macaca. Como ela era muito curiosa, um dia pulou pela janela do palácio para explorar o mundo. Enquanto estava pendurada em um galho de árvore, Babiole viu uma carruagem: dentro dela estavam a rainha de um reino vizinho e o filho, que, assim que a viu, exclamou: "Quero levá-la conosco!". Assim, Babiole tornou-se a companheira de brincadeiras do príncipe, mas logo todos no palácio perceberam que ela era muito inteligente e podia falar.

242 — Parte II: O deus do rio

Um dia, Babiole recebeu uma carta: o rei dos macacos, Magot, queria se casar com ela. "Nunca serei esposa de um macaco horrível!", disse a princesa, mas a rainha aceitou a proposta em seu nome, e, assim, Babiole foi forçada a partir com os guardas de Magot. Pelo caminho, no entanto, ela conseguiu escapar. Subiu em uma balsa, navegou pelo rio e chegou a uma caverna, onde encontrou uma criatura estranha: "Sou Biroquoi, deus do rio. Quero lhe dar esta noz e este óleo mágicos". Babiole agradeceu e seguiu seu caminho.

243 — Parte III: O castelo no deserto

Quando chegou ao deserto, quebrou a noz: arquitetos e engenheiros saíram de lá e construíram para ela um palácio esplêndido. Então, enquanto tentava abrir o frasco de óleo, uma gota caiu em sua perna e... o pelo de macaco desapareceu como por magia! Babiole aplicou o óleo em todo o corpo e voltou a ser uma bela jovem. Agora poderia finalmente declarar seu amor ao filho da rainha, que sempre a amara muito, mas apenas como amiga. Assim que ele a viu, se apaixonou, e os dois se casaram imediatamente.

244 A ARCA DE NOÉ
Uma história bíblica

Há muito tempo, Deus viu que os seres humanos só se preocupavam em travar guerras e decidiu puni-los. Ele falou com Noé, que era bom e sábio, e ordenou: "Construa uma arca e leve com você dois espécimes de cada animal. Virá chuva, e as águas vão cobrir a Terra. Quando tudo terminar, você, sua família e os animais repopularão o mundo". Assim que Noé terminou de construir a enorme arca e colocou os animais nela, começou a chover. Choveu continuamente por quarenta dias, e, quando o dilúvio finalmente terminou, todas as terras estavam submersas. "Vamos enviar uma pomba para explorar o lugar", sugeriu a esposa de Noé. "Se houver terra próxima, ela a encontrará." Após alguns dias, a pomba voltou com um ramo de oliveira no bico. Então, Noé e sua família desembarcaram com os animais e repopularam o mundo.

245 O CORVO VAIDOSO
Uma fábula de Esopo

Era uma vez um corvo que reclamava o tempo todo: "Estes vermes são horríveis! Odeio o vento!". Mas, um dia, ele encontrou uma pena de pavão. Era tão bonita que ele a pegou imediatamente. Encontrou outras penas e decidiu colocá-las para se exibir diante dos outros corvos. Ele andou entre eles, estufando o peito: "Abram caminho para esta visão de beleza! Olhem minhas cores magníficas. Vocês são escuros como fuligem, tão feios!". Ele continuou fazendo isso por um tempo, até que tomou uma decisão: "Sou tão bonito que tenho que ir viver com os pavões!". Quando chegou onde estavam os pavões, no entanto, eles começaram a gritar: "Ei, essa é minha pena!". "E essa é minha!" Arrancaram as penas do corvo com o bico e o forçaram a voltar para a própria espécie. "Você não disse que éramos feios demais para você?", censuraram-no os outros corvos, ignorando-o. A partir daquele dia, o corvo vaidoso viveu um pouco aqui e um pouco ali, mas o mais importante é que passou a ser gentil com todos e sempre dizia obrigado.

246 A GALINHA RUIVA
Uma fábula tradicional russa

Era uma vez uma galinha ruiva que encontrou grãos de trigo. "Quem me ajudará a plantá-los?", perguntou. "Nós, não!", responderam o pato, o cachorro e o gato. "Eu mesma farei isso!", disse a galinha. Quando o trigo cresceu, ela perguntou: "Quem me ajudará a colhê-lo?". "Nós, não!", responderam os três amigos. "Eu mesma farei isso!", disse a galinha. Ela levou o trigo ao moinho e perguntou: "Quem me ajudará a moê-lo?". "Nós, não!", disseram os amigos. "Eu mesma farei isso!", respondeu a galinha. Enquanto voltava para casa com o saco de farinha, perguntou: "Quem me ajudará a fazer o pão?". "Nós, não!", responderam os amigos. "Eu mesma farei isso!", disse a galinha. Quando o pão ficou pronto, a galinha perguntou: "Quem me ajudará a comê-lo?". "Nós!", gritaram o pato, o cachorro e o gato, mas, a galinha respondeu: "Fiz tudo sozinha então vou comê-lo sozinha!".

247 O PISCO-DE-PEITO-RUIVO
Uma fábula tradicional europeia

Há muito tempo, numa noite fria, um pequeno pássaro marrom encontrou abrigo em um estábulo onde um bebê recém-nascido dormia em uma cama de palha, ao lado dos pais. Eles haviam viajado por dias, com pouca comida e pouca água, e ainda tinham um longo caminho pela frente antes de poderem chegar em casa. Naquela noite, quase haviam se resignado a dormir ao relento, quando avistaram o estábulo a distância. Acenderam uma fogueira e, pouco a pouco, vencidos pelo cansaço, adormeceram. Mas agora o fogo estava prestes a se apagar. Então, o pequeno pássaro, sem pensar duas vezes, aproximou-se das brasas, agitou as asas, reacendeu o fogo e o manteve aceso até a manhã, protegendo a criança do frio. No dia seguinte, uma recompensa extraordinária brilhou em seu peito: uma mancha vermelha brilhante, e é por isso que esse pássaro agora se chama "pisco-de-peito-ruivo".

O MÁGICO DE OZ

Um romance de L. Frank Baum

248 — Parte I: O tornado

Dorothy era uma menina esperta e vivaz que vivia com o cachorro Totó e os tios em uma fazenda, na pradaria americana. Em um dia triste, um terrível tornado os atingiu: toda a família se abrigou no porão, mas Dorothy correu de volta para a casa à procura de Totó, que havia se escondido debaixo da cama. O tornado levantou toda a casa no ar, carregando a menina e o cachorro. A casa foi arremessada pelo vento, subiu nas nuvens e, então, quando a tempestade passou, desceu lentamente de volta ao chão. Quando finalmente aterrissaram, Dorothy saiu da casa com Totó e percebeu que estavam em uma terra desconhecida.

249 — Parte II: A estrada de tijolos amarelos

Enquanto ela olhava ao redor, notou que um par de pés com sapatos de prata brilhantes estava aparecendo debaixo da casa de madeira. Nesse momento, uma mulher com roupas elegantes aproximou-se dela, sorrindo. "Bem-vinda à Terra de Oz! Você derrotou a Bruxa Má do Leste! Oferecemos nossas felicitações", disse-lhe a Bruxa Boa do Norte. "Agora, use os sapatos dela e certifique-se de nunca tirá-los!" "Está bem", disse Dorothy. "Mas realmente gostaria de voltar para casa. Você pode me dizer como?" "Siga a estrada de tijolos amarelos; ela a levará até a Cidade das Esmeraldas. O Mágico de Oz vive lá e ajudará você!"

250 — Parte III: A Cidade das Esmeraldas

A menina despediu-se da Bruxa Boa do Norte e partiu, seguindo a estrada de tijolos amarelos. No caminho, encontrou um espantalho, um homem de lata e um leão. Eles se tornaram bons amigos e atravessaram a floresta juntos. Quando finalmente chegaram ao palácio verde do Mágico, a menina pediu a ele que a ajudasse a voltar para os tios. O Mágico de Oz

respondeu: "Ajudarei você se se livrar da Bruxa Má do Oeste". "Está bem!", concordou Dorothy. Ela com os novos amigos, que decidiram viver essa extraordinária aventura com ela, não importando os perigos que pudessem encontrar.

251 Parte IV: A Bruxa Má do Oeste

Quando chegaram ao palácio da bruxa, Dorothy e os outros foram atacados pelos seus guardas, uma tropa de macacos alados. O espantalho e o homem de lata foram desmembrados em mil pedaços, enquanto a menina, Totó e o leão foram levados diante do trono da bruxa má. "Ponha o leão numa jaula!", gritou a mulher. "E você, garota estúpida, vá limpar o palácio!" Então, enquanto Dorothy se curvava para pegar um tapete, a bruxa a fez tropeçar para que caísse. Dorothy ficou tão furiosa que agarrou o balde de água e o despejou sobre a cabeça da bruxa: a bruxa estava agora completamente molhada e derreteu como um picolé ao sol.

252 Parte V: Os sapatos prateados

As pessoas que viviam nas terras vizinhas, felizes por finalmente estarem livres depois de anos de escravidão, consertaram o homem de lata e o espantalho. Os macacos alados, agora leais a Dorothy, os levaram de volta a Oz. Eles descobriram que o Mágico não passava de um ilusionista e não tinha poderes mágicos, então Dorothy pediu ajuda à Bruxa Boa do Sul, que sugeriu: "Bata os calcanhares juntos três vezes, e os sapatos vão levá-la para casa". Dorothy pegou Totó nos braços e fez isso: e, num piscar de olhos, estava de volta em casa.

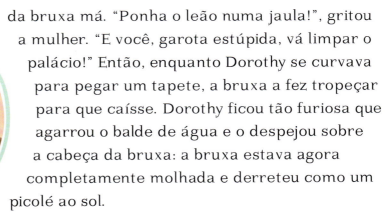

253 — O CÃO LEAL
Um conto de fadas chinês

Era uma vez um homem muito pobre que vivia nas ruas porque não tinha casa. A única coisa que ele possuía era um cão, que se preocupava muito com ele. Um dia, o homem adormeceu em um canavial, e um terrível incêndio começou. Vendo as chamas se aproximarem perigosamente do homem, o cão mergulhou na água. Então, sacudiu o pelo para molhar o chão ao redor do mestre, salvando-o do fogo. Depois de algum tempo, o homem caiu em um poço enquanto caminhava pelo campo. O cão latiu, atraindo a atenção de um mercador, que olhou para baixo no poço. "Tire-me daqui!", gritou o homem. "Só se você me der seu cão", disse o mercador. "Ele parece ser muito inteligente." O homem não queria ceder, mas o cão lhe deu um sinal de entendimento, então ele concordou. O mercador tirou-o do poço e levou o cão embora. Naquela mesma noite, no entanto, o cão fugiu e voltou para seu mestre, que nunca mais se separou dele.

254 — O CERVO BRANCO
Uma lenda irlandesa

Era uma vez um rei que tinha três filhas e se casou com uma mulher linda, mas cruel, chamada Moira, governante das Ilhas do Norte. Quando as meninas completaram dezoito anos, o rei contou-lhes sobre a promessa que fizera à mãe delas no leito de morte: elas tinham que fazer desejos para que a mãe pudesse realizá-los do além. As mais velhas pediram para se casar com os príncipes dos reinos vizinhos, enquanto a terceira disse: "Quero me casar com o cervo branco". As irmãs não sabiam que o cervo era o príncipe das Ilhas do Norte, transformado por Moira em animal selvagem. Nesse momento, um frasco mágico apareceu nas mãos da princesa, enquanto o vento sussurrava em seu ouvido: "Para libertar seu amado, derrame o conteúdo aos pés de sua madrasta". A menina obedeceu, e Moira desapareceu para sempre. O cervo voltou a ser príncipe, e os dois puderam finalmente se casar.

CACHINHOS DOURADOS E OS TRÊS URSOS
Um conto de fadas dos Irmãos Grimm

255 — Parte I: A criança gananciosa

Cachinhos Dourados era uma criança encantadora, com longos cabelos cacheados, tão loiros quanto o trigo, e mais curiosa que um gato. Um dia, na colina das papoulas, ela viu uma casinha bonita. A porta estava entreaberta, e ela decidiu entrar. Não havia ninguém. Mas à mesa estavam três tigelas de creme doce: uma pequena, uma média e uma grande. "Será que são gostosos? Melhor eu experimentar", disse ela, comendo as três tigelas. Então notou três poltronas: uma muito grande, uma média e uma muito pequena. "Serão macias o suficiente para pular? Melhor experimentá-las." Cachinhos Dourados pulou, mas a pequena quebrou sob seu peso. "Ops!", disse Cachinhos Dourados. Então ela se virou e viu as escadas. Ela simplesmente tinha que explorar aquela parte da casa! E, assim, subiu as escadas.

256 — Parte II: Três camas pequenas

No topo das escadas, Cachinhos Dourados encontrou um quarto agradável com três camas. Uma grande, uma média e uma pequena. A garota estava começando a se sentir muito cansada depois de ter pulado nas poltronas. "Será que as camas são confortáveis o suficiente para dormir?", ela se perguntou. "Preciso descobrir." Ela se deitou nas três camas e adormeceu na menor delas. "Foi ela quem comeu nosso creme e quebrou nossa poltrona!", disse uma voz, de repente. Cachinhos Dourados abriu os olhos e viu três ursos ao lado da cama: o papai urso, a mamãe urso e o filhinho, que apontava para ela. Então ela se assustou, saiu da cama e correu mais rápido que o vento, fazendo as pétalas das papoulas esvoaçarem como borboletas, enquanto os três ursos a observavam da porta.

257 A DONINHA E AS GALINHAS
Uma fábula de Esopo

Duas galinhas pegaram um resfriado desagradável: estavam com os bicos escorrendo e espirravam o tempo todo. Seus amigos contaram aos outros animais que elas estavam doentes. Então, o porco contou à ovelha, que contou ao cachorro, que contou ao javali, que contou à doninha. Assim, a doninha decidiu se esgueirar para dentro do galinheiro para comer as galinhas. Ela se vestiu de médica e bateu à porta. "Quem é?" "A médica!", respondeu a doninha, amavelmente. "Vim visitar as galinhas doentes." As galinhas, que sabiam que as doninhas são astutas, responderam: "Estamos bem, obrigada!". Mas… "Atchim!", espirrou uma das galinhas. "Não veem, minhas queridas, que estão doentes?", disse a doninha. A outra galinha doente respondeu: "A única coisa que você pode fazer para que nos sintamos melhor é ir embora, sua doninha intrometida!". Então, a doninha se afastou com a barriga vazia.

258 O MACACO E O GATO
Uma fábula de J. de La Fontaine

Era uma vez um macaco e um gato que se divertiam zombando dos donos humanos. Eles roubavam iguarias da cozinha e fugiam para comê-las em paz. Certa noite, o dono estava assando castanhas na churrasqueira. Assim que o homem saiu da cozinha por um momento, o macaco disse ao gato: "Vamos lá, tente roubar algumas castanhas!". O gato não pensou duas vezes e pegou uma castanha com as garras afiadas. Acabou queimando o pelo da pata, mas o macaco o incentivou: "Ótimo! Pegue mais algumas!". "Certo, teremos um ótimo lanche esta noite!" Ele começou a pegar o máximo de castanhas que podia, enquanto o macaco comia as que caíam no chão. Mas o dono voltou e, ao ver o gato com a pata queimada e as cascas de castanha espalhadas pelo chão, começou a persegui-lo por toda a casa. O astuto macaco, por outro lado, dormia tranquilamente em frente ao fogo, com a barriga cheia.

259 A FILHA RATA
Um conto de fadas japonês

Um fazendeiro salvou uma pequena rata e a levou para casa. "Gostaria que você fosse minha filha!", ele disse. De repente, a pequena rata se transformou em humana, e, quando cresceu, ele lhe perguntou com quem ela gostaria de se casar: "Com o homem mais forte do mundo!". "O rei", pensou o fazendeiro. Mas, enquanto conversava com o rei, viu um raio de sol ofuscando-o. Então pensou: "O sol é mais forte que o rei!". Assim, ele subiu na torre mais alta: "Sol, você é o mais forte?". E, naquele momento, viu uma grande nuvem bloqueando-o. "Então você é a mais forte?", ele perguntou à nuvem, que respondeu: "Vê aquela montanha? Não posso superá-la!". O fazendeiro subiu na montanha: "Você é a mais forte?". "De jeito nenhum! Um pequeno rato poderia cavar um túnel através de mim!" O homem voltou para casa e encontrou um rato. "Você se casaria com minha filha?" "Se ela fosse uma rata, sim, eu me casaria!" O homem suspirou tristemente, mas, quando entrou em casa, descobriu que a filha voltara a ser uma rata. E os dois animais viveram felizes com o fazendeiro.

260 O PRÍNCIPE E A FÊNIX
Um conto de fadas chinês

Um jovem príncipe vivia no Oriente longínquo. Numa noite, ele sonhou com uma bela princesa. Quando acordou, pintou o rosto dela em seu precioso manto. Então, percorreu o reino, mostrando o retrato a todos. Mas ninguém sabia quem ela era. Então decidiu partir em busca dela. Um dia, viu uma enorme fênix voando em direção ao chão: ela tinha olhos cheios de luz e asas leves como o vento. "Por que você está triste?", perguntou a ave, e o príncipe mostrou o retrato da moça. "Vou levá-lo até ela", prometeu a fênix, e o jovem subiu em suas asas. Eles chegaram aos jardins do imperador da China e encontraram a moça, que admirava o retrato de um jovem. "É realmente você!", disse o príncipe ao vê-la. "É realmente você!", respondeu a moça ao reconhecer o rapaz por quem se apaixonara em seus sonhos. Os dois se abraçaram e ficaram juntos para sempre.

O PÁSSARO DOURADO

Um conto de fadas dos Irmãos Grimm

261   Parte I: As maçãs douradas

Era uma vez um rei que vivia em um magnífico castelo, com um enorme jardim cheio de árvores carregadas de frutas. Mas uma dessas árvores era especial. Em vez de maçãs vermelhas, a árvore produzia maçãs douradas. Um dia, enquanto fazia sua caminhada habitual, o rei notou que a árvore estava sem frutas. "Quem roubou as maçãs douradas?", ele gritou. "Encontrem o ladrão!" Naquela noite, seus três filhos ficaram de vigia no jardim. Os mais velhos adormeceram, enquanto o mais jovem viu um pássaro com penas douradas pegando uma maçã com o bico. Ele tentou capturá-lo, mas o pássaro voou para longe. Quando contou tudo ao pai, o rei ordenou que os filhos capturassem o pássaro, custasse o que custasse.

262   Parte II: A raposa falante

O primeiro príncipe encontrou uma raposa pelo caminho. "Você viu um pássaro dourado?", ele lhe perguntou. "Sim. Mas, se quiser alcançá-lo a tempo, não pare na primeira estalagem." Quando o jovem chegou à estalagem, viu que estava cheia de pessoas e música. Ele entrou e se esqueceu de sua missão. O mesmo aconteceu com o segundo irmão, enquanto o mais jovem seguiu o conselho da raposa e parou na segunda estalagem. No dia seguinte, chegou a um castelo e viu uma torre alta. Pela janela aberta, conseguiu avistar o pássaro dourado. Ele estava preso em uma gaiola dourada, mas, quando o príncipe tentou retirá-lo, o pássaro começou a fazer um barulho tão grande que os guardas do castelo chegaram. Eles capturaram o rapaz e o levaram ao seu senhor, que ouviu sua história e declarou: "Se quiser este pássaro, traga-me o cavalo dourado".

263   Parte III: O cavalo dourado

Então, o jovem partiu e entrou na floresta, mas estava desesperado porque não tinha ideia de como encontrar o cavalo dourado. Ele parou em um riacho para beber e encontrou novamente a raposa falante. Contou a ela sobre sua missão, e a raposa decidiu ajudá-lo. Assim, os dois viajaram durante dias e dias e, no final, encontraram o animal, que pertencia a um rei muito poderoso. O jovem apresentou-se perante o soberano e perguntou se poderia ficar com o cavalo dourado. O rei respondeu: "Você pode ficar com ele somente se trouxer a princesa que vive no castelo dourado".

264   Parte IV: A princesa triste

Graças à raposa, o príncipe encontrou a princesa. Ela era muito bonita, mas também estava muito triste, porque o irmão estava desaparecido. O príncipe apaixonou-se por ela e decidiu levá-la com ele, mas não sabia o que fazer com o pássaro dourado. Então a raposa sugeriu: "Monte o cavalo e, ao se despedir de todos, aperte suas mãos. Quando chegar a vez da princesa, puxe-a para cima e fuja". O príncipe usou o mesmo truque com o cavalo dourado e a gaiola do pássaro e conseguiu levar todos eles.

265   Parte V: O feitiço quebrado

O jovem príncipe galopou em direção ao palácio do pai e, ao longo do caminho, parou para resgatar os irmãos mais velhos, que ainda estavam na estalagem. Quando finalmente chegaram em casa, o rei ouviu atentamente as aventuras dos filhos e decidiu dar a coroa ao mais jovem, permitindo-lhe casar-se com a princesa. Nesse exato momento, a raposa desapareceu e, em seu lugar, apareceu o irmão da princesa, que contou que havia sido transformado em animal por uma bruxa muitos anos antes. A princesa lançou-se nos braços dele e, a partir daquele momento, nunca mais ficou triste.

266 POR QUE OS ESQUILOS SÃO LISTRADOS? Uma história tradicional siberiana

Era uma vez um pequeno esquilo que sempre dizia o que pensava. Um dia, ele encontrou um urso, que lhe perguntou: "O que você acha das flechas de ferro? Acho que são a coisa mais assustadora que os seres humanos inventaram!". "Elas são tão divertidas!", respondeu o esquilo. "Elas me fazem cócegas quando passam perto das minhas orelhas." "E os cães? Quando andam todos juntos e latem, meu pelo fica em pé, como uma floresta de abetos. Mas, se um cão está sozinho, eu o mando para longe com um espirro!" "Ah, por favor", respondeu o esquilo. "Todos aqueles cães babões me fazem rir até não poder mais! Um cão sozinho é o verdadeiro perigo." "*Grrr!*", rosnou o urso, parecendo irritado. "Você realmente gosta de me contrariar, não é?" O esquilo deu de ombros e virou-se para ir embora. Então o urso lhe deu um golpe com a pata, e é por isso que os esquilos têm cinco listras nas costas.

267 A TARTARUGA FALANTE
Uma fábula indiana do *Panchatantra*

Era uma vez uma tartaruga muito tagarela que nadava alegremente em seu lago e conversava com todos os animais que se aproximavam. Um dia, ela conheceu dois patos, que a convidaram para almoçar em sua casa. No entanto, como viviam bastante longe, a tartaruga levaria muito tempo para chegar lá. As duas aves pegaram um galho e, segurando cada uma de um lado com o bico, disseram à tartaruga: "Segure firme com a boca e não diga uma palavra até chegarmos!". Assim que alçaram voo, com a tartaruga pendurada, as pessoas começaram a apontar para eles, gritando: "O que fazem dois patos com uma tartaruga?". Orgulhosa do convite que recebera, a tartaruga queria responder: "Somos amigos!", mas se conteve. No final, porém, ela não conseguiu mais se manter em silêncio, abriu a boca e caiu ao chão, machucando-se. A partir daquele dia, ela aprendeu que é melhor falar menos e pensar mais!

O BONECO DE NEVE

Um conto de fadas de H. C. Andersen

268 ## Parte I: O novo amigo do cachorro

Houve muita neve naquele inverno. Duas crianças que viviam em uma grande mansão correram pelo jardim e construíram um enorme boneco de neve. Ele tinha olhos redondos, nariz longo e laranja, boca ligeiramente torta e um belo cachecol vermelho. As crianças olharam para ele com satisfação e, em seguida, correram de volta para casa, para se aquecerem. E não voltaram para brincar com o boneco de neve. "Que enfadonho é ficar aqui o dia todo, sem fazer nada! Gostaria de poder sair e explorar o mundo!", disse o boneco de neve ao cachorro da casa, que passava o tempo todo lá fora. "Na primavera você vai embora", respondeu o cachorro, "assim como todos os outros bonecos de neve antes de você."

269 ## Parte II: O fogão de ferro fundido

Um pouco depois, um casal passou, acariciou o cachorro, lançou um olhar divertido para o boneco de neve e entrou na casa. "Quem eram eles?", perguntou o boneco de neve ao cachorro, intrigado. "Meus mestres", respondeu o cachorro. "Eles costumavam me deixar descansar dentro de casa, ao lado do fogão, onde é quentinho! Bons tempos aqueles!" "Fogão? E o que é isso?", perguntou o boneco de neve. "Olhe lá dentro!", disse o cachorro, esticando uma pata em direção à janela. Assim que viu o grande fogão de ferro fundido, o boneco de neve arregalou os olhos e exclamou: "Quero ir até lá!". "Está louco? Você é feito de neve e gelo. Derreteria!", disse o cachorro. "Mas eu o amo!", respondeu o boneco de neve, teimosamente. Ele pensou no amado fogão durante todo o inverno e, infelizmente, quando a primavera chegou, o boneco de neve derreteu. O cachorro, então, viu que as crianças tinham colocado a pá do fogão dentro dele. "É por isso que ele o amava tanto!", pensou o cachorro e se afastou trotando.

125

270 — O LOBO EM PELE DE CORDEIRO
Uma fábula de Esopo

"Sou tão inteligente e astuto!", pensou um lobo. Ele teve uma grande ideia: vestiu-se com a pele de cordeiro e estava prestes a se juntar a um rebanho de ovelhas. "Vou comer muita carne sem esforço!", rejubilou-se. "Ei, você!", chamou o cão do pastor. "*Méééé?*", respondeu o lobo, tentando soar o mais parecido possível com uma ovelha. "Fique com o rebanho!", acrescentou o cão. "Hahaha. Consegui enganar aquele cão estúpido!", riu o lobo. Assim que o rebanho entrou no cercado, o lobo tirou a pele e estava prestes a abrir a boca para devorar a pata de uma ovelha próxima, quando sentiu uma mão agarrando-o. "Que cordeiro bonito temos aqui! Vamos obter muita lã", comentou alguém. O lobo ouviu um som metálico e sentiu o ar fresco na pele. Quando o pastor terminou de tosar o lobo, ele estava tão rosa quanto um bebê. E estava tão envergonhado que decidiu ficar com o rebanho até que seu pelo voltasse a crescer. Ele até aprendeu a balir e a pastar a grama. E prometeu que nunca mais se aproximaria de ovelhas novamente.

271 — A DESCOBERTA DA MELANCIA
Um conto de fadas vietnamita

Era uma vez um rei sábio e bondoso chamado Hung Viong, que recebeu na corte um jovem órfão chamado An Tiem. Quando An Tiem se tornou adulto, o rei lhe atribuiu tarefas importantes e lhe concedeu uma esposa. Um dia, a mulher lhe disse: "Você deve agradecer ao rei tudo o que tem!". Mas ele respondeu: "Não, tudo é graças a mim!". Essas palavras chegaram aos ouvidos do rei, que então decidiu: "Vamos ver se o que você diz é verdade!". O rei mandou An Tiem para uma ilha deserta, sem comida. O jovem achou que estava condenado, quando uma gaivota deixou cair algumas sementes no chão. Essas sementes se transformaram em plantas e, em seguida, em frutos redondos e doces: melancias! An Tiem semeou mais sementes e criou uma plantação. Comerciantes e pescadores começaram a lhe fornecer alimentos e dinheiro em troca das melancias. Quando o rei soube, permitiu que An Tiem retornasse à corte e admitiu: "Você estava certo! Mas não se esqueça de que, sem os outros, nem mesmo um rei poderia ser rei!"

O PRÍNCIPE ELFO
Um conto de fadas da Condessa d'Aulnoy

272   Parte I: A rosa e o capuz

O príncipe Leander, que era bondoso com todos, vivia na corte do primo, o rei Furioso. Um dia, cansado de ouvir falar das grandes habilidades de Leander, Furioso decidiu mandá-lo embora. Leander foi para a floresta, onde encontrou uma cobra presa entre espinhos. Ele a libertou e, em seu lugar, apareceu uma fada: "Você é bom, então vou lhe dar uma rosa mágica que lhe dará moedas de ouro e um capuz de elfo que o tornará invisível". Leander agradeceu e, em seguida, encontrou alguns soldados que haviam capturado uma jovem. Então, ele colocou o capuz mágico e emitiu sons aterrorizantes. Os soldados, amedrontados, fugiram, e Leander revelou-se para a jovem: "Sou o Príncipe Elfo". "E eu sou a Pequena Damasco", respondeu ela. "Gostaria de levá-la para casa", ofereceu o jovem, mas ela respondeu: "Vivo em uma ilha governada por uma linda rainha. Mas, infelizmente, estranhos não são permitidos". "Não se preocupe, ninguém me verá!", disse Leander, colocando o capuz, e ele seguiu a jovem até o palácio real.

273   Parte II: A rainha da ilha

Quando viu a linda rainha, Leander imitou a voz de um dos papagaios do jardim e disse: "O Príncipe Elfo salvou sua dama de companhia!". Ele, então, voltou todas as noites para contar-lhe sobre suas aventuras, e a rainha começou a se apaixonar pelo príncipe desconhecido. Uma manhã, os guardas vieram avisar que o rei Furioso estava chegando: queria se casar com a rainha para tomar seu reino. A rainha sabia que não conseguiria se defender e estava desesperada. Então, o Príncipe Elfo embarcou no navio do rei e, usando a rosa mágica, mostrou uma montanha de moedas de ouro a Furioso. "Se deixar a rainha em paz, elas serão suas!" O rei ordenou à sua frota que voltasse para casa. Leander foi até a rainha e anunciou, enquanto permanecia invisível: "O Príncipe Elfo salvou sua ilha". Então a rainha confessou: "E eu quero ser sua noiva!". Leander retirou o capuz e a abraçou.

O LIVRO DA SELVA

Um romance de R. Kipling

274 — Parte I: Mogli, o menino lobo

Há muito tempo, na selva indiana, um casal de lobos encontrou um bebê em uma cesta abandonada e, como não tinham coragem de deixá-lo sozinho, decidiram criá-lo com os próprios filhotes. "Vamos chamá-lo de Mogli!", sugeriu o pai. Os anos se passaram, e o bebê aprendeu a se comportar como um verdadeiro filhote de lobo: sabia uivar, caçar como os predadores e até coçar a cabeça com os pés. Apesar de tudo isso, a selva continuava a ser um lugar cheio de perigos e armadilhas para ele. Felizmente, ele tinha muitos amigos prontos para ajudá-lo, como a sábia pantera Bagheera e o divertido urso Baloo.

275 — Parte II: Baloo e Bagheera

Num dia terrível, a floresta foi abalada por um rugido aterrador: o tigre Shere Khan havia voltado à selva! Todos sabiam que ele odiava os seres humanos com todas as forças, então, numa noite, o líder dos lobos convocou a alcateia. "Irmãos, quando Shere Khan souber que estamos escondendo um filhote humano, virá até aqui e nos matará a todos. O garoto deve ir embora, não temos outra escolha!" "Nós cuidaremos de Mogli. Levaremos ele para a aldeia dos homens, é o melhor para ele", sugeriram Baloo e Bagheera. Mas o menino não queria deixar a família de lobos. "Nunca irei para lá!", gritou Mogli e correu entre as árvores para se esconder.

276 — Parte III: A cidade perdida

Enquanto Mogli estava pendurado em um galho de árvore, um grupo de macacos travessos o sequestrou e o levou para as ruínas da cidade perdida, um lugar repleto de perigos ocultos. O astuto rei dos macacos, o orangotango Louie, deu as boas-vindas ao

menino: "Vou ajudá-lo a ficar aqui se você roubar o tesouro que está naquela torre". Mogli, que estava disposto a fazer qualquer coisa para estar com os amigos, escalou as rochas íngremes, mas… descobriu que na base da torre havia duas cobras perigosas guardando as joias. Mogli estava prestes a ser mordido, quando Bagheera e Baloo vieram resgatá-lo. O urso derrubou as cobras, enquanto a pantera levou o menino para um lugar seguro.

277 Parte IV: A derrota de Shere Khan

No caminho de volta, porém, eles encontraram o feroz Shere Khan! "Vou matar todos vocês!", rugiu o furioso tigre. "Vocês não vão escapar desta vez!" "Suba na árvore!", gritou Bagheera para Mogli, que lhe obedeceu imediatamente. Então, enquanto o céu se enchia de nuvens negras, a pantera atacou o tigre com Baloo. Enquanto lutavam, uma tempestade se abateu, e um raio atingiu um galho de árvore próximo a Mogli. O menino teve uma ideia: agarrou o galho e usou-o para assustar Shere Khan. O tigre odiava fogo mais que qualquer outra coisa no mundo e não teve escolha a não ser fugir.

278 Parte V: A aldeia dos homens

Bagheera, Baloo e Mogli celebraram a vitória, mas sabiam que o tigre não desistiria tão facilmente. O perigo poderia voltar a qualquer momento. Assim, Mogli percebeu que precisava ir para a aldeia dos homens, onde estaria seguro. Os três amigos partiram e chegaram ao rio, onde viram uma linda jovem buscando água com um cântaro. Mogli se aproximou e sorriu para ela. Quando ela retribuiu o sorriso, o menino soube que seu futuro estaria com ela, na aldeia dos homens.

279 O CÃO E O OSSO
Uma fábula de Esopo

"Devolva-me meu osso!", gritou o açougueiro. Um cão preto corria com um osso na boca. O pescador chegou e agarrou a cauda do cão, mas ela escorregou-lhe das mãos, e o homem caiu no chão. Assim, o cão escapuliu para a floresta, onde uma loba lhe implorou: "Compartilhe seu osso com meus filhotes, por favor!". Mas ele a ignorou e continuou. Chegou a um rio e viu um cão com um osso maior que o seu na água. "Dê-me isso!", ele rosnou, e o outro fez o mesmo. Mas, para falar, teve que abrir a boca, e o osso caiu na água. O cão, então, pensou: "Que tolo! Era apenas meu reflexo!".

FINOLA E O ANÃO
Um conto de fadas irlandês

280 Parte I: O pequeno homem verde

Em uma cabana, vivia uma jovem chamada Finola, cujo único amigo era um anão mudo que não se lembrava de nada sobre seu passado, embora estivesse apaixonado por ela. Um dia, enquanto se dirigia para a casa da jovem, o anão viu uma pequena criatura verde escorregando para dentro de um túnel. Ele a seguiu até o fim do estreito túnel e encontrou um gnomo. "Estava esperando por você! Vou fazê-lo falar novamente!", disse o gnomo. O anão, perplexo, perguntou: "Você sabe quem sou?". "Você é um cavaleiro. Uma bruxa o transformou em anão e condenou a princesa Finola a viver sozinha", respondeu o gnomo.

281 Parte II: Os desafios

"Como posso libertá-la?", perguntou o anão. "Você terá que enfrentar alguns desafios!", respondeu o gnomo. O anão partiu e encontrou um grupo de cavalos selvagens galopando em sua direção. "O que posso fazer?", perguntou ao gnomo. "Está disposto a abrir mão do seu olho direito?" "Sim, por causa de Finola", disse o anão. Os cavalos desapareceram, e o anão ficou com apenas um olho. Em seguida, ele se viu em meio a grandes ondas, e o gnomo perguntou: "Está disposto a sacrificar seu olho esquerdo?". "Sim!", respondeu o anão. Ele estava a salvo agora, mas também cego. Quando finalmente chegou até Finola, recuperou a visão e se transformou em um jovem cavaleiro. A partir desse dia, eles nunca mais se separaram.

282 O PAVÃO E A GARÇA
Uma fábula de Esopo

Era uma vez um pavão com uma cauda tão bela que todos ficavam encantados com ela. Ele sabia que era bonito e ia até a garça todos os dias para se vangloriar. "Você não acha minha cauda maravilhosa? Já viu suas cores?" "É verdade; é, sim!", respondeu a garça. "É uma pena que suas penas sejam tão pálidas!", riu o pavão, mas a garça respondeu: "Não me importo com isso". "Enquanto você estiver feliz!", respondeu o pavão, então abriu a cauda e deu uma volta no lugar. No outro dia, o pavão foi até a garça novamente: "Aposto que você está prestes a me dizer que sou lindo!". A garça, cansada de tanta ostentação, retrucou: "Você pode ser encantador, mas suas penas são frágeis demais para voar, enquanto as minhas me permitem ver o mundo de cima e tocar as nuvens!". Então ela levantou voo e desapareceu no horizonte. O pavão fechou a cauda e, a partir daquele dia, não incomodou mais ninguém.

283 A RAPOSA E A CABRA
Uma fábula de J. de La Fontaine

Uma raposa e uma cabra eram amigas e costumavam passear pela floresta. Estava muito calor, então decidiram descer em um poço para beber água. Mas, quando tentaram subir de volta, perceberam que as paredes do poço eram escorregadias e elas não eram altas o suficiente para alcançar a borda. A cabra começou a chorar, mas a raposa a consolou: "Se me deixar subir em suas costas, poderei alcançar a borda e libertá-la!". A cabra, que acreditava na raposa, fez o que ela sugeriu. Mas, quando a raposa saiu, afastou-se sem pensar duas vezes. Então a cabra gritou: "Mentirosa! Você não vai me libertar?". E a raposa respondeu: "Se dependesse de você, ainda estaríamos lá, chorando desesperadamente. Mas sou mais esperta e encontrei um jeito de sair!". E, assim, a raposa foi embora. E a pobre cabra teve que esperar que outro animal a ajudasse a sair do poço.

JOÃO, O OURIÇO

Um conto de fadas dos Irmãos Grimm

284 — Parte I: O filho dos camponeses

Em um reino distante, viviam dois camponeses que desejavam um filho mais que tudo no mundo. Uma noite, a mulher chorava tristemente: "Ah, realmente gostaria de ter um filho! Por que outras pessoas têm muitos filhos e eu nem mesmo tenho um? Eu desejaria um bebê mesmo que fosse tão feio quanto um ouriço!". As fadas da floresta ouviram seu lamento e decidiram atender ao seu pedido. E, nove meses depois, a mulher deu à luz um menino forte e saudável, mas as costas dele estavam cobertas de espinhos. "Vamos chamá-lo de João, o Ouriço", disseram os pais, que o amavam com todo o coração, apesar da aparência. Quando cresceu, João, o Ouriço, decidiu se tornar mais independente: pediu ao pai algumas ovelhas e foi viver na floresta. Enquanto cuidava do rebanho, o rei chegou: "Estou perdido. Se me ajudar a voltar para casa, eu lhe darei qualquer coisa que desejar".

285 — Parte II: A promessa do rei

João, o Ouriço, que conhecia muito bem a floresta, concordou: "Certamente. Quero a primeira coisa que você vir quando chegar ao castelo". O rei aceitou, e João, o Ouriço, o levou até o palácio. Mas a primeira coisa que o rei viu foi a bela filha, que aguardava por ele na porta. "Não quero que minha filha se case com esse homem coberto de espinhos. Mas dei minha palavra e tenho que cumprir minha promessa", pensou o rei, e, com o coração pesado, declarou que João, o Ouriço, poderia se casar com a princesa. Nesse momento, algo incrível aconteceu: os espinhos caíram como por mágica, e ele se transformou em um jovem belo e encantador. A partir daquele dia, todos passaram a chamá-lo simplesmente de João. Ele e a princesa tiveram uma celebração de casamento maravilhosa e viveram felizes para sempre.

286 A ANDORINHA E OS PÁSSAROS
Uma fábula de J. de La Fontaine

O inverno se aproximava, e os gansos, as rolinhas e as cegonhas voavam alto no céu em direção a lugares mais quentes. Os outros pássaros, em vez disso, estavam descansando ou caçando insetos, sem pensar no futuro. Uma tarde, uma andorinha pousou em um fio elétrico, no meio de uma longa fila de pardais, sentados, imóveis, como pequenos soldados. "Irmãos, viajei e vi como o mundo funciona. Por que não pedem aos humanos que lhes deem abrigo durante o inverno? Tenho certeza de que não se recusarão", disse a andorinha. Os pássaros repassaram a mensagem de um para o outro, até o último pássaro, que gritou: "Obrigado pelo conselho, mas não precisamos deles!". Então voou embora com todos os pássaros, deixando a andorinha sozinha. Nos dias seguintes, a andorinha chilreou e dançou, fazendo companhia aos seres humanos, e, quando o inverno chegou, ela foi autorizada a se abrigar sob seus telhados e suas calhas. Os pardais, por outro lado, foram expulsos pelos espantalhos e perseguidos pelos caçadores.

287 A ARANHA E A HIENA
Um conto de fadas africano

Uma aranha bateu à porta da casa da hiena. Os filhotes da hiena abriram. "Sua mãe pediu que eu viesse morar com vocês", disse a aranha. "Qual é o seu nome?", perguntaram os filhotes. "Meu nome é Para-todos-vocês", respondeu a aranha, e os filhotes deixaram-na entrar. Quando a mãe voltou para casa, trouxe comida e disse: "É para todos vocês" e foi descansar. "Vocês ouviram?", disse a aranha. "Essa comida é para mim", e comeu tudo. Assim, a aranha se empanturrava, e os filhotes foram ficando cada vez mais magros. Um dia, os filhotes contaram tudo à mãe. Ela ficou furiosa e gritou: "Saia da minha toca, impostora!". A aranha esticou a perna: "Puxe-me pelos sapatos, estou presa". A hiena puxou e lançou a aranha para fora. Ela saiu e viu o cachorro com a aranha. "Qual de vocês estava na minha casa?" A aranha apontou para o cachorro: "A língua dele está pendurada fora da boca. Deve ter corrido muito". Assim, a hiena perseguiu o cachorro, enquanto a aranha fugia.

SIMBAD, O MARUJO
Um conto de *As mil e uma noites*

288   Parte I: Simbad e Himbad

Um carregador chamado Himbad parou para descansar em frente à luxuosa casa do famoso marujo Simbad. "Nossos nomes são tão semelhantes, mas sou muito pobre." De repente, a porta do palácio se abriu: Simbad esperava por ele no jardim. "Vou lhe contar como me tornei tão rico. Quando era jovem, costumava viajar pelo mar, e, um dia, paramos em uma pequena ilha. A terra começou a tremer e percebemos que estávamos nas costas de uma baleia! Mergulhei na água e cheguei a uma terra estrangeira, onde fui recebido por um rei. Permaneci com ele por um tempo, entretendo-o com histórias das minhas viagens, e, quando o navio que iria me levar de volta finalmente chegou, ele me recompensou com muitos presentes preciosos."

289   Parte II: A ilha dos rocas

Simbad continuou contando sua história: "Parti novamente. Desta vez, paramos em uma ilha exuberante, cheia de samambaias. Não foi uma boa ideia". "Por quê?", perguntou Himbad. Simbad explicou que a ilha era habitada por rocas, enormes aves com bicos serrados e garras afiadas. "Elas começaram a me perseguir, mas encontrei um esconderijo entre as rochas. Quando as aves finalmente se foram, vi diamantes do tamanho de ovos de avestruz. Enchi meus bolsos. E fiquei tão surpreso que não percebi que estava cercado por cobras gigantes! Felizmente, um roca desceu e me agarrou. Consegui me libertar, mas então caí na água."

290   Parte III: O reino de Serendib

E assim Simbad continuou a contar sua história: "Com um pouco de sorte, voltei a Bagdá, mas logo senti o chamado do mar. Parei no reino de Serendib e decidi explorá-lo, navegando pelo rio em uma jangada. Passei por colinas e montanhas incrustadas de pedras preciosas, até chegar à capital. Apresentei-me no palácio do sultão, que me nomeou embaixador e me enviou de volta para casa com muitas riquezas. Mas, no caminho de volta, naufragamos: fui capturado por piratas e, depois, vendido como escravo ao chefe de uma aldeia".

291 Parte IV: Os elefantes

"Eles me deram um arco e flechas e me pediram para matar todos os elefantes", confessou Simbad. "Mas não tive coragem de ferir criaturas tão inocentes. Em vez disso, fiz amizade com os animais, ganhei sua confiança e voltei para a aldeia montado em um elefante. O chefe da aldeia achou que eu era um poderoso feiticeiro e me deixou ir. Finalmente consegui chegar à costa e embarcar em um navio mercante para voltar para casa. Mas minhas aventuras ainda não tinham acabado", disse Simbad, sorrindo. "Então continue a contar, por favor!", exclamou Himbad, curioso.

292 Parte V: A Terra das Ostras

"Assim que partimos, vimos um grande ovo em uma rocha no meio do mar. Os outros marinheiros o levaram a bordo para fazer uma omelete gigante, mas avisei que isso poderia ser perigoso! No exato momento, dois rocas deixaram grandes pedras cair sobre o navio como retaliação, fazendo-o afundar. Então, fui resgatado por outro navio a caminho da lendária Terra das Ostras. Lá, troquei alguns cocos por pérolas, já que os habitantes tinham muitas delas. E foi assim que me tornei ainda mais rico", concluiu o marujo. Himbad apertou sua mão: "Você é um homem verdadeiramente corajoso! Merece tudo o que possui!". A partir daquele dia, os dois se tornaram grandes amigos.

293 — O MORCEGO E AS DUAS DONINHAS
Uma fábula de J. de La Fontaine

Um morcego que estava aprendendo a voar caiu bem na frente do ninho de uma doninha. O animal pulou para fora e o agarrou. "Seu morcego bobo! Você não sabe que as doninhas adoram devorar pássaros como você antes de ir para a cama?" "Pare!", gritou o morcego. "Não sou um pássaro, mas um rato!" A doninha olhou para ele, confusa. "Você vê penas ou um bico?", insistiu o morcego. "Mas eu…", hesitou a doninha e, sem saber o que dizer, o deixou ir embora. Algumas noites depois, o morcego caiu novamente, desta vez na frente do ninho de outra doninha. E a doninha se lançou sobre ele imediatamente: "Se há um animal que odeio, são os ratos!". "Pare!", gritou o morcego. "Não sou um rato! Sou um pássaro!" "P-p-p-pássaro?", gaguejou a doninha. "Cabeça afilada, grandes asas: pássaro! Entende agora?" Confusa, a doninha o largou, e o morcego voou para longe, rindo sozinho.

294 — DENBA E A ESMERALDA
Um conto de fadas tibetano

Um mendigo chamado Denba encontrou em um campo uma grande esmeralda, verde como o olho de uma serpente, e decidiu guardá-la. Naquele momento, Bayan, o proprietário da terra, se aproximou dele. "Dê-me a gema!", gritou. "Foi encontrada na minha propriedade e, portanto, pertence a mim." "De jeito nenhum!", respondeu Denba. "Eu a encontrei e vou ficar com ela." Como estavam discutindo como dois galos e não conseguiam encontrar uma solução, Denba sugeriu: "Vamos ao espírito da montanha. Ele nos dirá o que fazer". Os dois caminharam até uma vala cercada por montanhas, onde o espírito falava por meio do eco. "Grande espírito da montanha", disse o mendigo, "quem tem o direito de ficar com a esmeralda? Denba, que a encontrou, ou Bayan, o proprietário da terra?" Enquanto falava, ele gritara o próprio nome muito mais alto que o nome do outro homem, e, assim, o eco respondeu "Denba… Denba". A palavra foi ouvida por toda a vala, e, portanto, Denba ficou com a esmeralda.

A MENINA DOS FÓSFOROS

Um conto de fadas de H. C. Andersen

295 Parte I: Véspera de Ano-Novo

Era uma vez uma menina muito pobre que vendia fósforos para ganhar a vida. "Não volte para casa se não vender pelo menos três caixas de fósforos!", advertia-lhe o pai todos os dias. A menina estava muito triste e frequentemente pensava na avó, já falecida e que sempre a acolhia nos braços. Na noite da véspera de Ano-Novo, a menina dos fósforos não havia vendido uma única caixa, então foi forçada a ficar fora de casa, no frio congelante.

296 Parte II: Os fósforos mágicos

A menina caminhava tristemente na neve, descalça. Então, parou em um canto escondido, tirou uma caixa de fósforos do bolso e acendeu um para se aquecer. Diante de seus olhos, apareceu um fogão. Mas, quando ela colocou as mãos perto do utensílio, ele desapareceu. Ela acendeu outro fósforo e viu uma mesa esplêndida cheia de comida. "Tudo parece delicioso!", exclamou a menina, mas o objeto desapareceu assim como acontecera com o fogão. Estava ficando mais frio, e a menina não conseguia parar de tremer. O terceiro fósforo revelou uma maravilhosa árvore de Natal, que também desapareceu.

297 Parte III: Nos braços da vovó

"Não restam muitos fósforos", pensou ela, acendendo outro. Desta vez, a luz da chama estava incomumente brilhante. A menina viu uma figura saindo dela e, aos poucos, a reconheceu: era sua avó! A menina temia que ela fosse desaparecer, então acendeu todos os fósforos e criou uma grande chama. "Venha comigo, querida", sussurrou sua avó. "A partir de agora, nunca mais estaremos separadas!"

137

O BISCOITO DE GENGIBRE

Um conto tradicional inglês

298 Parte I: O biscoito corredor

Era uma vez dois fazendeiros, marido e mulher, que estavam muito tristes porque não tinham filhos. Um dia, enquanto a esposa decorava um biscoito de gengibre e chorava, uma de suas lágrimas caiu sobre o doce. Imediatamente, o biscoito de gengibre ganhou vida, pulou em pé e deu três cambalhotas. A mulher ficou assustada e correu chamar o marido, mas o biscoito de gengibre saltou da mesa e fugiu. "Volte aqui!", gritaram eles. E o biscoito, em vez de parar, respondeu: "Corram o mais rápido que puderem, vocês não podem me pegar: sou o biscoito de gengibre!" Assim, o biscoito de gengibre seguiu pela rua e, quando chegou a uma fazenda próxima, passou por um porco muito grande e por cinco ratos dançantes; tão logo o viram, começaram a correr atrás dele, chiando e grunhindo!

299 Parte II: O petisco da raposa

Com pernas curtas, mas fortes, ele conseguiu deixá-los para trás e, bastante alegre, passou por uma escola durante o intervalo: uma centena de crianças apontou para ele com fome e começou a persegui-lo, enquanto ele cantava calmamente: "Corram o mais rápido que puderem, vocês não podem me pegar: sou o biscoito de gengibre!". Então, ele chegou ao rio, onde uma raposa saltou de trás de um arbusto: "Olá, belo biscoito de gengibre. Posso ajudá-lo a atravessar o rio, se quiser!", ela disse, e o esperto biscoito respondeu: "Claro. Mas vou subir na sua cauda!". Eles entraram na água, mas, para não se molhar, o biscoito foi forçado a ir para as costas da raposa e depois para o seu nariz. Então, com um movimento rápido, ela fez com que ele pulasse no ar e – GLOM! – o engoliu inteiro. Assim, ela continuou nadando enquanto cantava: "Você fez o que quis, pulou e correu, mas agora acabou, oh, biscoito de gengibre".

138

300 O SOL E A LUA
Uma lenda coreana

Antigamente, quando não havia sol nem lua, havia uma mulher conhecida pelos deliciosos bolos de arroz. Todas as manhãs, ela os vendia na aldeia e, com o dinheiro que ganhava, comprava comida para os filhos. Um dia, ela encontrou um tigre, que rugiu: "Quero todos os bolos!". E ela respondeu: "Se eu lhe der, como vou alimentar meus filhos?". "Filhos?", gritou o tigre, lambendo os lábios, e a devorou. Então, ele saiu à procura dos filhos dela, que subiram em uma árvore. "Não se preocupe", disse o menino à irmã. "Se nosso coração for puro, uma corda descerá do céu, e seremos salvos. Quando as pessoas são más, uma corda podre desce, mas se rompe!" Não muito depois, uma corda desceu, e as crianças subiram por ela. Outra apareceu para o tigre, mas se rompeu, e o animal caiu no chão. A mãe das crianças saiu da boca do tigre, e o menino e a menina, transformados no sol e na lua, passaram a vigiar a mãe e a todos nós a partir daquele momento.

301 COMO O RINOCERONTE CONSEGUIU SUA PELE
Um conto de R. Kipling

Há muito tempo, em uma ilha deserta, vivia um homem que possuía apenas um chapéu, uma faca e um fogão. Um dia, ele assou um delicioso bolo, mas, quando estava prestes a comê-lo, um rinoceronte saiu da floresta. Naqueles tempos, os rinocerontes tinham a pele lisa e esticada. O rinoceronte disse: "Ha-ha!", assustando o homem, que subiu em uma palmeira. Então, enfiou o chifre no bolo, comeu tudo e foi embora. Após algum tempo, chegou o calor, e, para encontrar alívio, todos tiraram um pouco das roupas: o homem tirou o chapéu, enquanto o rinoceronte tirou sua pele e mergulhou na água. O homem pensou: "Esta é a minha chance de me vingar!". Ele pegou a pele do rinoceronte e a encheu com migalhas do bolo. Quando o rinoceronte colocou a pele de volta, sentiu uma coceira  terrível. Ele rolou no chão e esfregou-se contra uma palmeira por dias e noites. É por isso que, hoje, sua pele é enrugada, com sulcos profundos, e ele está sempre de mau humor.

UM CONTO DE NATAL
Um romance de C. Dickens

302 Parte I: Ebenezer Scrooge

Era véspera de Natal, e o velho Ebenezer Scrooge estava em seu escritório contando suas moedas de ouro. "Feliz Natal, Sr. Scrooge!", disse um dos empregados, um bom homem chamado Bob Cratchit, entrando no escritório. "Não me importo com o Natal! Volte ao trabalho!", respondeu o velho, irritado. Estava extremamente frio no escritório, mas Scrooge nunca acendia a lareira para economizar dinheiro. Após um tempo, o sobrinho, Fred, apareceu para convidá-lo para o almoço de Natal com sua família. "Você sabe muito bem que não suporto feriados!", disse Scrooge, com raiva. "E agora me deixe voltar ao trabalho! Não tenho tempo a perder!"

303 Parte II: Os três fantasmas

Ao anoitecer, o velho apagou o lampião, fechou o escritório e voltou para sua grande casa, vazia e gelada. Estava prestes a ir para a cama, quando ouviu barulhos estranhos. Ele correu para o corredor e viu o fantasma do antigo sócio, Marley, que arrastava grandes e pesadas correntes. "Três espíritos virão. Ouça os conselhos deles antes que seja tarde demais para você também!" Logo depois, um velho apareceu na sala: era o Fantasma do Natal Passado, que o levou a voar pela janela. Assim, Scrooge viu todos os momentos felizes de seu passado: os jogos com os quais brincava com a irmãzinha, os colegas do primeiro emprego, os amigos de infância...

304 Parte III: A casa dos Cratchit

De repente, tudo desapareceu, e ele viu um gigante à sua frente: "Sou o Fantasma do Natal Presente, venha comigo!". Eles voaram sobre os telhados das casas de Londres e chegaram à casa dos Cratchit. O empregado chegara em casa tarde porque

Scrooge lhe atribuíra muitas tarefas para completar. Agora, Cratchit, a esposa e os cinco filhos estavam comemorando ao redor da mesa. Scrooge viu que não havia muita comida nos pratos, e as crianças vestiam roupas remendadas. Depois, foram para a casa de Fred; o jovem brindava à saúde do tio: "Ele está sempre sozinho e bravo. Não entendo o porquê, mas, ainda assim, desejo-lhe um Feliz Natal!".

305 Parte IV: Espiando o futuro

E, de repente, Scrooge estava nas ruas, durante uma tempestade de neve. Uma figura encapuzada estava ao seu lado. "Você deve ser o Fantasma do Natal Futuro, não é?", ele perguntou, tremendo. A figura não respondeu, então Scrooge apenas a seguiu até o cemitério da cidade. Quando pararam em frente a uma lápide com seu nome, Scrooge ficou apavorado e exclamou: "Então este é o destino que me aguarda? Ainda tenho tempo para mudá-lo?". O espírito acenou com a cabeça, e, em um segundo, o velho estava de volta ao seu quarto: era manhã de Natal!

306 Parte V: Um novo Natal

Scrooge vestiu alegremente seu terno mais elegante e saiu para a cidade, onde comprou um peru enorme, muitas iguarias e um grande bolo de Natal. Então assobiou, dirigindo-se para a casa da família Cratchit. A família ficou surpresa e feliz ao vê-lo, e as crianças agradeceram-lhe com um beijo no rosto. Em seguida, Scrooge apareceu na casa de Fred: "Feliz Natal, sobrinho! Feliz Natal a todos vocês! Ainda estou a tempo de aceitar o convite?". "Claro! Fico muito feliz em vê-lo", respondeu o jovem, mais surpreso que nunca. Esse foi o Natal mais feliz que Scrooge já teve. E ele passou muitos feriados tão alegres quanto aquele!

307   O LEÃO VAI À GUERRA
Uma fábula de Esopo

Um dia, o leão, rei da floresta, decidiu criar um exército. Todos os animais se alinharam em frente à sua toca. "Aqui estou, Majestade", disse o macaco, fazendo uma reverência tão baixa que bateu a cabeça no chão. "Ha-ha-ha!", riu o leão. "Você vai distrair o inimigo fazendo-o rir até perder a cabeça!" Então veio o tatu, que corou e se transformou em uma grande bola blindada. "Você vai rolar entre as pernas dos inimigos e fazê-los cair", declarou o leão. Quando o burro e a lebre chegaram diante do rei, os outros animais riram: "O que você vai fazer com um tolo e um covarde?". O burro respondeu com um zurro zangado, que fez a pele do elefante se arrepiar; e a lebre disparou e se escondeu atrás de uma árvore. "Excelente!", sorriu o leão. "Você, burro, vai reunir os soldados com sua poderosa voz, enquanto você, lebre, será o mensageiro mais rápido que já existiu! E vocês", disse o felino aos outros animais, "nunca se esqueçam de que todos podem ser especiais e úteis!"

308   A FADA DA ILHA LOK
Um conto de fadas bretão

"Vou conseguir o tesouro da Ilha Lok", John havia jurado à amada Juliet, "assim teremos o dinheiro para nos casar." A jovem lhe entregou uma faca, dizendo: "Ela tem o poder de revelar feitiços". Quando chegou à ilha, John viu peixes nadando e, ao tocá-los com a faca, descobriu que eram, na verdade, seres humanos. Mas uma sereia-fada saiu da água e o transformou em peixe. Como John ainda não retornara, Juliet foi à sua procura. Chegou à Ilha Lok e encontrou a faca dele: "Vou assar uma truta". Então, jogou a rede no lago e capturou um peixe, que disse: "Sou eu, John! Se quiser me libertar, terá que capturar a fada". Quando a jovem viu a sereia se aproximando, lançou a rede sobre ela. "Vou soltá-la se quebrar o feitiço!" A fada, então, transformou John e todos os outros de volta em seres humanos. Juliet e John retornaram para casa com um baú cheio de gemas, presente de casamento da sereia-fada.

OS AMIGOS DA SELVA

Um conto tradicional indiano

309 ## Parte I: O cervo em perigo

Na floresta, havia uma árvore na qual um corvo, um rato e uma tartaruga tinham construído seus ninhos. Um dia, a tartaruga sentiu a terra tremer: "Algo grande está vindo!". O corvo voou até o topo da árvore: "É um cervo". A tartaruga colocou a orelha no chão e acrescentou: "Parece que ele está correndo!". "Talvez alguém o esteja perseguindo!", disse o rato. Nesse momento, o cervo chegou até eles: "Socorro! Um caçador está atrás de mim!". "Nós cuidaremos disso", o rato o tranquilizou, então perguntou ao corvo: "A que distância ele está?". "Ele já se foi!" "Muito obrigado, meus amigos!", exclamou o cervo.

310 ## Parte II: A armadilha do caçador

Após algum tempo, os três amigos perceberam que não viam o cervo havia dias. "Algo deve ter acontecido com ele", disse a tartaruga. Então, o corvo voou até o topo da árvore: "Eu o vejo! Está preso em uma rede, e um caçador está perto dele! Precisamos libertá-lo!". O rato alcançou o cervo e roeu a rede. O cervo foi libertado e se escondeu nos arbustos. No entanto, nesse momento, a tartaruga chegou. "O cervo escapou, mas essa simpática tartaruga será meu jantar!", disse o homem, sorrindo, e colocou-a em seu saco.

311 ## Parte III: O plano do cervo

"Precisamos de uma grande ideia", sussurrou o cervo para o rato e o corvo. "Tenho um plano!". Ele se deitou no meio da estrada, e, quando o caçador o viu, colocou o saco no chão e se aproximou. Então, o corvo voou sobre sua cabeça e o bicou com força, enquanto o cervo o espetava com seus chifres. O homem gritou, enquanto o rato roía o saco e libertava a tartaruga. Assim, os quatro animais correram para longe. A tartaruga disse: "Sabe o que o caçador vai comer à noite? Um belo prato de... nada!".

143

312 A SALSA DOCE
Um conto tradicional italiano

Uma mulher grávida desejava muito salsa e, um dia, pegou um buquê do campo das cinco fadas. As fadas apareceram imediatamente, gritando: "Você chamará sua filha de Salsa Doce, e nós a pegaremos em breve". A menina nasceu com cabelo verde brilhante, e, quando completou quinze anos, as fadas a levaram para o castelo delas e a forçaram a ser sua escrava. Felizmente, havia um pequeno elfo que sempre a ajudava. Um dia, as fadas disseram: "Você precisa roubar o baú da malvada Morgana le Fay". O elfo ajudou Salsa Doce, que conseguiu roubar o baú sem ser pega. Tremendo de raiva, as fadas a trancaram no porão, onde ela encontrou cinco velas acesas. "Apague-as!", sussurrou o elfo: as fadas desapareceram, e o elfo se transformou em um príncipe encantado. Salsa Doce casou-se com ele, e viveram felizes para sempre.

313 O LEÃO E O CÃO SELVAGEM
Um conto tradicional africano

"Quer saber quem é o animal mais forte da savana?", disse o leão ao cão selvagem. "Quem?", perguntou o cão. "Sou eu, claro!", respondeu o leão. "Com um único salto, posso derrubar um elefante em movimento; quando me vê, o leopardo mia de medo; e, quando rujo, até as pedras tremem como folhas de banana!" "Estou bastante impressionado!", disse o cão, "mas sempre há alguém mais forte, até mesmo mais forte que você." "E quem seria esse?", perguntou o leão. "Uma grande ave negra com bico longo", explicou o cão. "Ha-ha-ha! Você está brincando, não é?", riu o leão, divertindo-se. Depois de um tempo, o cão viu um caçador vestido como um pássaro negro. "Lá está ela!", pensou, e foi chamar o leão. A besta correu em direção ao pássaro falso para atacá-lo, mas o caçador disparou uma flecha contra ele e desapareceu na vegetação. Ferido, o leão arrastou-se de volta para sua toca, onde o cão o estava esperando. "Você estava certo!", admitiu o felino, "sempre há alguém mais forte!"

314

O GRÃO DE ARROZ
Uma lenda indiana

Era uma vez um homem pobre chamado Yudhistira que vivia na floresta com a esposa e os treze filhos. Ele já havia sido rico, mas, devido a uma aposta, foi forçado a dar tudo o que tinha para o primo. Incapaz de alimentar a família, um dia o homem pediu ajuda ao deus do sol, que lhe deu um prato mágico: "Ele fornecerá muita comida a você e a todos os seus convidados, mas, uma vez que todos tenham terminado de comer, não dará mais comida até o dia seguinte". Assim, Yudhistira e a família viviam em paz, até que o emissário do primo veio visitá-los. Para um convidado tão importante, era necessário oferecer um grande banquete, mas, infelizmente, todos já haviam comido, e o prato mágico parara de produzir comida. Então, a esposa de Yudhistira pediu ajuda ao deus Krishna, que apareceu e comeu um grão de arroz que sobrara. O convidado e seus acompanhantes se sentiram satisfeitos imediatamente, e Yudhistira estava a salvo.

315

O MONTÍCULO DOS ELFOS
Um conto de fadas de H. C. Andersen

Havia uma grande animação no topo do montículo dos elfos. Um elfo saiu pela porta e foi até o morcego: "O rei está organizando uma grande festa e quer que você cuide dos convites". "Deixe comigo!", respondeu o animal, voando para a escuridão. Na noite da festa, a mais nova das sete filhas do rei perguntou ao pai: "Já que você gosta de estar sozinho, por que chamou todos esses convidados para cá?". "Você e suas irmãs devem se casar. E uma festa é a oportunidade perfeita! Convidei o grande troll da Noruega e seus dois filhos." Naquele exato momento, as portas do salão se abriram, e o troll entrou, seguido pelos filhos, feios e grosseiros. As princesas se apresentaram, mas nenhuma delas chamou a atenção dos dois trolls, que acabaram adormecendo. Enquanto as irmãs cantavam e dançavam, a mais nova contou piadas ao grande troll. O rei da Noruega achou-a tão engraçada que pediu sua mão em casamento e casou-se com ela.

145

A BELA COM CABELOS DOURADOS

Um conto de fadas da Condessa d'Aulnoy

316 — Parte I: O pedido de casamento

Era uma vez uma linda princesa chamada Bela com Cabelos Dourados. Seu cabelo era tão brilhante que iluminava o escuro, seus olhos eram vivos, e seu rosto, tão bonito que qualquer pessoa que a olhava se sentia feliz. Muitos príncipes e reis de todo o mundo a cortejaram, oferecendo-lhe joias e presentes maravilhosos, mas ela estava decidida: nunca se casaria! O governante de um reino vizinho enviou-lhe doces poemas de amor, que derreteriam até mesmo pedras, mas foi tudo em vão: Bela com Cabelos Dourados também o rejeitou. O rei, que estava determinado a conquistá-la e não tinha a menor intenção de desistir, chamou seu cavaleiro mais leal, Atraente, e lhe disse: "Vá até a princesa e convença-a a se casar comigo. Você é minha última esperança!".

317 — Parte II: As aventuras de Atraente

Atraente partiu imediatamente, mas muitas coisas aconteceram ao longo do caminho: ele salvou um peixe e o devolveu ao rio onde vivia; depois, impediu uma águia de capturar um jovem corvo; finalmente, libertou uma pobre coruja que fora apanhada em uma rede armada por caçadores. Os três animais, que podiam falar, agradeceram-lhe e prometeram: "Se algum dia precisar de nossa ajuda, chame-nos e viremos imediatamente!".

318 — Parte III: O anel e o gigante

Quando o jovem chegou ao palácio da Bela com Cabelos Dourados, tentou convencê-la a aceitar a proposta de seu rei. Com seus modos refinados e charme, a princesa prometeu segui-lo se ele passasse em um teste: "Você tem que encontrar o anel que perdi no rio há muitos anos". Atraente foi até o rio e chamou o amigo, o peixe: "Traga-me

o anel da princesa, por favor". O peixe obedeceu. "Vou me casar com seu rei se você derrotar o gigante que vive na floresta", disse a Bela com Cabelos Dourados. Atraente foi até o enorme homem e estava prestes a ser pisoteado por seus grandes pés quando viu o amigo, o corvo, voando sobre uma árvore: "Ajude-me a distrair o gigante!", ele gritou. O pássaro obedeceu, e Atraente, então, fez o gigante tropeçar e cair, derrotando-o.

319 Parte IV: A coruja e os dragões

Depois de ter passado no segundo teste, Atraente voltou para a princesa, certo de que ela o acompanharia ao castelo do rei desta vez. Mas a princesa lhe entregou uma pequena garrafa: "Eu o seguirei se você encher isso com a água mágica guardada por dois dragões ferozes que vivem em uma caverna nas montanhas". O cavaleiro partiu e, quando chegou à caverna, chamou a amiga coruja. O pássaro pegou a garrafa, voou sobre a cabeça dos dragões adormecidos, encheu-a com a água e a devolveu ao amigo.

320 Parte V: O casamento

Atraente voltou para o castelo e entregou a água mágica à princesa. Desta vez, a Bela com Cabelos Dourados estava desanimada, mas não podia se recusar a ir com ele. Assim que chegaram ao palácio, porém, ela se atirou aos pés do rei: "Vossa Majestade, seu mensageiro é o homem mais corajoso e mais bonito do mundo! Permita-me me casar com ele, por favor!". O rei, que era sábio e compreensivo, respondeu: "Eu o havia enviado a você para que ele pudesse convencê-la a se casar comigo, porque sabia que ele tinha muitas qualidades. Por isso, permitirei, com prazer, que você se torne esposa dele". Assim, a Bela com Cabelos Dourados e Atraente se casaram e celebraram com muitas festas por todo o reino.

A CIGARRA E A FORMIGA
Uma fábula de Esopo

321   Parte I: A cigarra cantante

Em uma quente tarde de verão, uma cigarra cantava alegremente em um galho de árvore, enquanto, abaixo dela, a formiga estava ocupada reunindo o maior número possível de sementes, folhas e bagas. De repente, o inseto cantor desceu da árvore e perguntou, intrigado: "Minha querida formiga, por que você trabalha o dia todo em vez de dançar com as joaninhas, refrescar as patas nos riachos ou bronzear as antenas? Você trabalha da manhã à noite quando poderia fazer tantas coisas divertidas!". "Querida cigarra, trabalho porque o outono virá depois do verão, e depois o inverno", respondeu a formiga. "E daí?", retrucou a cigarra arrogante. "Você realmente precisa perguntar? Não haverá mais comida, e estaremos em sérios apuros." "Não seja tão dramática!", disse a cigarra. "Venha cantar comigo!", sugeriu. "Desculpe, mas vou continuar trabalhando. Não posso arriscar ficar sem comida e morrer de fome." "Você é tão dramática!", zombou a cigarra e foi embora, rindo.

322   Parte II: O formigueiro

O tempo passou: o outono chegou e depois o inverno. Uma tempestade de neve se formou, e grandes flocos brancos caíam por toda parte. A cigarra arrastava-se pela neve e mal conseguia ver à frente. Estava com frio e fome, e não conseguia encontrar um lugar onde pudesse se aquecer e descansar um pouco. De repente, ela viu um formigueiro: ergueu-se sobre as pernas e, através de uma janela, viu as formigas comendo em seu buraco. Ela bateu à porta e a mesma formiga da qual zombara durante o verão veio abri-la. "O que você quer?", perguntou a formiga. "Gostaria de entrar e me aquecer. Estou congelando aqui fora e realmente não há mais nada para comer." "Você é tão dramática!", respondeu a formiga e fechou a porta. E, assim, como a formiga previra, a cigarra ficou em sérios apuros.

323 A MENINA DA MURTA
Um conto de fadas de C. M. Brentano

Um oleiro e a esposa desejavam um filho, e, um dia, um pé de murta cresceu em seu vaso. Eles cuidaram muito bem dele, e a planta cresceu grande e bela. Um príncipe que passava por ali decidiu levar a planta para seu castelo com o oleiro e a esposa. O príncipe cuidou da planta com muito carinho, mas três princesas ficaram com ciúme e a jogaram no jardim. Um criado encontrou as raízes e as levou ao príncipe. Para descobrir os culpados, ele convocou as princesas. "Eu me casarei com a moça que me trouxer um galho de murta." As princesas correram até o local onde haviam enterrado a planta, de modo que o príncipe entendeu que eram as culpadas e as mandou embora. O oleiro e a esposa plantaram as raízes de murta, e, depois de um tempo, uma flor apareceu. Quando as pétalas se abriram, uma bela jovem surgiu. Ela se apaixonou pelo príncipe, e eles viveram felizes para sempre.

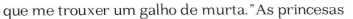

324 O LOBO DESASTRADO
Um conto popular russo

Um lobo estava passeando, pensando: "Qual animal delicioso vou comer hoje?". No alto da colina, um carneiro pastava tranquilamente. "Sou um lobo! Agora vou comê-lo!", rosnou o animal, mas o carneiro apenas o olhou e respondeu: "Só vejo um cachorro espumando pela boca". "Não sou um cachorro!", gritou o lobo, irritado. "Então desça a colina e abra a boca. Vou pular dentro dela." Mas o carneiro o acertou com os chifres e o mandou voando em direção a um cavalo. "Sou um lobo, agora vou comê-lo!" "Você é um cachorro", disse o cavalo. "Não, não sou." "Sim, você é." "Não, não sou", e o cavalo respondeu: "Então comece pela minha cauda, para que eu possa continuar comendo e engordar mais". "Genial!", disse o lobo. Mas o cavalo deu-lhe um coice e o mandou voando em direção a um porco. "Não sabia que cachorros podiam voar!", gritou o porco. "Sou um lobo, agora vou comê-lo." "Você vai gostar", disse o porco, "porque tenho um dorso muito macio. Suba nas minhas costas!" O lobo subiu nas costas do porco, e o animal o levou até alguns cães ferozes, os quais o perseguiram por dias. "Eu deveria tentar ser um pouco mais esperto!", pensou o lobo enquanto corria.

O BAÚ VOADOR

Um conto de fadas de H. C. Andersen

325 — Parte I: Em uma terra distante

O único filho de um mercador herdou, com sua morte, uma grande quantia de dinheiro e muitas pedras preciosas. Mas, sendo jovem e irresponsável, desperdiçou tudo e, em pouco tempo, tornou-se pobre. Foi forçado a deixar a casa onde sempre vivera, e um amigo, que teve pena dele, lhe deu um baú onde poderia colocar as poucas coisas que lhe restaram. Como o pobre homem não tinha mais nada, decidiu entrar no baú e, de repente, se viu voando no ar! O baú o levou sobre colinas, montanhas, rios e lagos e, então, pousou justo do lado de uma cidade distante. O jovem caminhou até o mercado e viu muros muito altos nas proximidades; pareciam cercar um castelo realmente grande.

326 — Parte II: A profecia

Então, ele perguntou a um agricultor que passava para que serviam os muros. "Eles protegem nossa bela princesa. Uma profecia disse que um estranho causará muito sofrimento a ela devido a uma promessa não cumprida. Escalar os muros é impossível!" O jovem desejava ver a princesa mais que qualquer outra coisa no mundo, então, naquela noite, voou com o baú mágico para o quarto dela e a beijou. Ela acordou, apaixonou-se por ele e passou a noite toda ouvindo as centenas de histórias engraçadas que o jovem conhecia. No dia seguinte, ela o apresentou ao rei e à rainha, os quais lhe deram permissão para se casar com a filha. Os dois amantes passaram muitas horas felizes juntos. Na noite antes do casamento, porém, cem fogos de artifício iluminaram o céu, e uma faísca incendiou o baú, destruindo-o. Assim, o jovem não pôde alcançar a amada princesa e nunca mais se encontraram.

327 O LOBO E A OVELHA

Uma fábula de Esopo

Era uma vez um lobo que, em um único dia, havia comido cinco cervos, trinta e dois esquilos e até um gambá. Ele se sentiu satisfeito pela primeira vez na vida e decidiu dar um passeio para digerir a refeição. Durante o passeio, encontrou uma ovelha e a atacou, mas logo se arrependeu: "Se eu a comer, vou ficar doente, e, se eu a deixar ir, os outros animais vão achar que sou covarde!".

Então ele disse: "Estou com vontade de brincar hoje: se você me pedir três desejos inteligentes, vou deixá-la ir. Caso contrário...". "Entendi, *béé*... Primeiro: desejo nunca – *béé* – tê-lo encontrado. Segundo: se tiver que o encontrar – *béé* –, desejo que você seja cego, manco e sem dentes. Terceiro: desejo que todos os lobos maus como você – *béé* – desapareçam e não incomodem mais ninguém!" O lobo ficou atônito com sua sinceridade e disse: "Você conquistou sua liberdade!".

328 O JARDIM DO GIGANTE

Um conto de fadas de O. Wilde

Era uma vez um jardim abandonado onde as crianças se encontravam para brincar. As árvores eram naves espaciais perdidas na galáxia; os arbustos, lugares para se esconder dos ogros maus, e, quando chovia, as poças se transformavam em passagens que levavam a um mundo mágico. Um dia, o proprietário do jardim, um gigante rabugento e mal-humorado, voltou: ele expulsou as crianças e construiu um muro muito alto para que ninguém pudesse entrar. Então, chegou a primavera: os pássaros cantavam alegremente, e flores apareciam por toda parte. Mas no jardim do gigante tudo estava silencioso e coberto por uma névoa sombria e fria. Entristecido, o gigante se lamentava: "Gostaria que a primavera também chegasse aqui!". Na manhã seguinte, ouviu risadas e viu que as crianças haviam entrado por uma fresta no muro: o jardim estava cheio de sol, flores e vozes. Ele se sentiu incrivelmente feliz, então derrubou o muro e brincou com as crianças.

BADR E GIAUHARE

Um conto de *As mil e uma noites*

329 ## Parte I: O sultão Samandal

Badr era o jovem e belo filho do rei da Pérsia e da princesa do reino do mar. Quando o pai faleceu, ele ascendeu ao trono e decidiu se casar com a filha do sultão Samandal, Giauhare. Ele ouvira que ela era a mulher mais bela e mais inteligente do mundo. Então, partiu com o tio, Saleh, conhecido por ser irritadiço e causador de problemas. Quando finalmente chegaram ao palácio do sultão, o governante, muito ciumento em relação à filha, não foi muito gentil com eles: "Voltem de onde vieram, agora mesmo! E esqueçam Giauhare! Não a deixarei se casar com ninguém, muito menos com um de vocês!".

330 ## Parte II: A ilha

Saleh, insultado por esse comportamento rude, gritou: "É assim que vocês nos recebem?". Então, desembainhou a espada e ordenou a seus soldados que ocupassem o palácio e prendessem Samandal nas masmorras. Badr se retirou e foi esperar pelo tio em uma ilha próxima, onde Giauhare havia se refugiado depois que seu pai fora preso. Quando os dois se encontraram, a princesa perguntou a Badr: "Quem é você? O que está fazendo aqui?". "Sou o rei da Pérsia, sobrinho de Saleh", ele declarou. "Então, é sua culpa termos sido atacados e meu pai estar preso!", exclamou a garota, furiosa.

331 ## Parte III: O pássaro branco

Badr não sabia que Giauhare possuía poderes mágicos: a jovem levantou as mãos, desenhou um grande círculo no ar, e o pobre Badr foi imediatamente transformado em um pássaro branco com pernas vermelhas como fogo. Preso no corpo do animal, Badr não teve escolha a não ser voar para longe. Após vários dias, ele chegou a um reino vizinho, onde foi capturado e vendido ao sultão. Um dia, seus gritos selvagens chamaram a atenção da rainha, que conhecia encantos e feitiçarias. "Esse é um príncipe, não um pássaro", declarou ela. Então, ela proferiu um encantamento, e Badr foi finalmente transformado de volta em ser humano.

332 Parte IV: O castelo da feiticeira

O sultão e a esposa ouviram atentamente a história de Badr e lhe deram um cavalo para retornar para casa. Mas, no caminho, Badr fez uma parada no castelo da feiticeira Lab, sem saber que estava em grande perigo: a mulher era conhecida por transformar todos os hóspedes em animais, para que ficassem com ela para sempre. Durante o jantar, um bom criado alertou Badr e trocou seu prato com o da feiticeira. Assim, quando ela começou a comer a comida, transformou-se em uma bela égua negra. Sem perder tempo, Badr montou nas costas dela e viajou por dias, até chegar ao palácio, onde sua família estava terrivelmente preocupada com ele e orava por seu retorno.

333 Parte V: O perdão de Badr

Uma vez em casa, Badr sentou-se no trono e mandou chamar Samandal e Giauhare, que tinham sido capturados após ele ter se transformado em pássaro e haviam sido levados como prisioneiros. "Giauhare, não estou zangado com você pelo que fez. Em vez disso, decidi ser generoso e libertar você e seu pai", disse ele à princesa. "Agora, vou perguntar mais uma vez se quer se casar comigo." Comovida com sua generosidade, Giauhare concordou, feliz, em se casar com ele, e o casamento foi celebrado naquela mesma noite, com banquetes ricos e fogos de artifício esplêndidos.

334 O JABUTI E O ELEFANTE
Uma história indonésia

Um jabuti encontrou um elefante travesso: "Quero brincar de esconde-esconde com você! Vou enterrá-lo na areia e amanhã o libertarei". "Está bem", concordou o jabuti, "mas só se depois eu também puder enterrar você!" O elefante aceitou. No dia seguinte, ele voltou: "Você se divertiu?". "De forma alguma!", exclamou o jabuti. "Ainda bem que meu casco impediu que a areia entrasse na minha boca! Agora é a sua vez!" O elefante pulou para dentro do buraco, e o jabuti começou a cobri-lo. "Espere! Não estou confortável aqui!", reclamou o elefante, cuspindo areia. "Vou libertá-lo se prometer parar de ser tão maldoso", disse o jabuti. "Eu prometo!", respondeu o elefante. Então, o jabuti ajudou-o a sair: "Quando fizer algo aos outros, sempre pergunte a si mesmo: eu gostaria que fizessem isso comigo?".

335 A PRINCESA SEM NOME
Um conto de fadas de A. Lang

Um rei e uma rainha desejavam desesperadamente um herdeiro e suspiravam o tempo todo: "Gostaríamos muito de ter uma filha!". Um dia, um gnomo apareceu no jardim real. "Vocês terão a filha se me derem Nada em troca." "Combinado", disse o rei, perplexo com o pedido incomum. Após algum tempo, enquanto estava longe em guerra, a rainha dera à luz uma filha: ela era tão pequena que decidiu chamá-la de Nada. Assim que o rei soube do nome, ficou preocupado: "Espero que o gnomo não volte". Mas, quando a princesa completou dezoito anos, o gnomo apareceu e exigiu que lhe dessem a garota. O rei pediu ajuda à rainha das fadas, que sugeriu: "Leve Nada ao meu reino. Se um príncipe com bom coração encontrá-la, o acordo será quebrado". Então a princesa desapareceu, e muitos cavaleiros partiram para encontrá-la. No final, um deles, que não era muito encantador, mas tinha um coração de ouro, descobriu a entrada para o reino das fadas. Ele encontrou Nada, que ficou muito feliz em se casar com ele.

A PRINCESA NA COLINA DE VIDRO

Um conto de fadas de P. C. Asbjørnsen e J. Moe

336 · Parte I: A sombra misteriosa

Há muito tempo, em um reino distante, vivia um fazendeiro com os três filhos. Há algum tempo, o feno para os animais estava desaparecendo durante a noite. Então, o homem pediu ao filho mais velho que ficasse de vigia. À meia-noite, o jovem ouviu um barulho, viu uma enorme sombra e fugiu a toda velocidade. Na noite seguinte, o fazendeiro atribuiu a tarefa ao segundo filho. Mas, à meia-noite, ele também ouviu o barulho e viu a sombra se aproximando, então fugiu aterrorizado. Na terceira noite, era a vez do filho mais novo.

337 · Parte II: O cavalo da meia-noite

À meia-noite, ele ouviu um barulho e, então, viu uma enorme sombra, mas ficou parado. Um grande cavalo com sela dourada apareceu! O menino o conduziu até a floresta, onde encontrou um abrigo para ele. Agora, a colheita estava segura! Naquele verão, o rei anunciou que a filha se casaria com o cavaleiro que conseguisse alcançá-la no topo da colina de vidro e pegar uma maçã dourada dela. Os dois filhos mais velhos do fazendeiro decidiram participar do desafio, com outros cavaleiros.

338 · Parte III: A maçã dourada

Todos os cavaleiros falharam. Mas um cavaleiro misterioso montado em um cavalo com sela dourada apareceu: ele subiu a colina, pegou a maçã dourada das mãos da princesa e desapareceu na floresta. Para encontrá-lo, o rei convocou todos os jovens do reino. Quando chegou a vez dos filhos mais velhos do fazendeiro, eles confessaram que tinham outro irmão. O rei o convocou imediatamente, e o jovem apareceu com seu cavalo: "Tenho a maçã!". Assim, ele se casou com a princesa, e eles viveram felizes para sempre.

O PÁSSARO DE NOVE CABEÇAS

Um conto de fadas chinês

339

Parte I: O fazendeiro corajoso

A filha do imperador havia sido sequestrada por um pássaro gigante com nove cabeças, então seu pai enviou mensageiros por toda parte com um anúncio: "Quem trouxer a princesa de volta poderá se casar com ela". Perto do palácio vivia um jovem fazendeiro, que vira o pássaro entrar em uma caverna na lateral de um penhasco íngreme e alto. Enquanto procurava um caminho para alcançar a entrada escondida entre as rochas, um mercador que passava por ali perguntou o que ele estava fazendo. "Preciso salvar a princesa", respondeu o homem, e o mercador exclamou: "Eu o ajudarei". Ele prendeu uma cesta a uma corda, para que o jovem pudesse entrar nela, e o abaixou até a entrada da caverna. Assim que entrou, o fazendeiro viu a princesa sentada no chão e o aterrorizante pássaro adormecido ao seu lado. Sem pensar duas vezes, ele atacou o monstro e cortou suas nove cabeças, matando-o. Então, pediu à garota que entrasse na cesta primeiro, para que o mercador pudesse levantá-la e levá-la para um lugar seguro.

340

Parte II: O xale da princesa

Antes de partir, a princesa disse: "Vou deixar-lhe metade do meu xale, para que eu possa reconhecê-lo quando você vier até mim". Ela chegou ao topo do penhasco e correu para encontrar o pai. Enquanto isso, dentro da caverna, o jovem encontrou um peixe com a cauda presa sob uma grande pedra. Ele o libertou e, em seu lugar, apareceu um jovem: "Sou o príncipe do mar. Você me salvou, então quero recompensá-lo". Em seguida, entregou-lhe uma garrafa: "Ela fará todos os seus desejos se tornarem realidade". O fazendeiro a pegou e exclamou: "Leve-me até a princesa". E ele se viu em frente à porta do palácio. Os guardas não acreditaram em sua história e não o deixaram entrar, mas seus gritos chamaram a atenção do imperador e de sua filha. "Dê-me a metade do xale que deixei com você", disse a jovem. Como as duas metades se encaixaram perfeitamente, ela declarou: "Este é o homem que me salvou. Não me casarei com mais ninguém". O imperador deu sua bênção, e eles celebraram o casamento.

341 O MOLEIRO, SEU FILHO E O BURRO
Uma fábula de J. de La Fontaine

Um moleiro partiu para vender seu velho burro no mercado. O filho montava o animal, enquanto o moleiro segurava as rédeas. No caminho, um fazendeiro disse ao menino: "Acha certo que um jovem como você esteja montado no burro enquanto este velho tem que caminhar?". Então, o filho do moleiro desmontou e ajudou o pai a subir no burro. Em seguida, encontraram três mulheres: "Que vergonha! O pai está no burro, e o filho tem que andar!". O moleiro estendeu a mão para que o filho também pudesse subir, mas alguém gritou: "Pobre animal! Vão quebrar suas costas!". Então, desmontaram do burro e colocaram o animal nas costas deles. Quando chegaram na aldeia, viram que todos riam deles. Assim, disseram: "A partir de agora, não vamos nos importar com o que os outros pensam".

342 PEQUENO CLAUS E GRANDE CLAUS
Um conto de fadas de H. C. Andersen

Era uma vez dois homens chamados Grande Claus e Pequeno Claus. Aos domingos, Grande Claus emprestava seus quatro cavalos para Pequeno Claus, que tinha apenas um. Enquanto arava os campos, o homem gritava: "Vão, meus cavalos!". Grande Claus ficava realmente incomodado com isso: "Apenas um dos cinco cavalos é seu!", ele o repreendeu. Mas, como Pequeno Claus continuava fazendo isso, o amigo ficou zangado e envenenou seu cavalo. O pobre animal morreu, mas Pequeno Claus levou sua pele para o mercado. Contou a todos que era a pele do cavalo do rei e a vendeu por muitas moedas de ouro. Então, encontrou Grande Claus, que lhe perguntou: "Quem lhe deu todo esse dinheiro?". "Consegui em troca da pele do meu cavalo." Grande Claus, então, matou seus quatro cavalos e levou as peles para a cidade. Pediu quatro sacos de ouro, mas ninguém concordou em comprá-las, pois o preço era muito alto. Assim, Grande Claus recebeu a punição que merecia por sua maldade e ficou sem nada.

A PRINCESINHA
Um romance de F. H. Burnett

343 Parte I: Uma nova escola

Sara era uma menina curiosa de dez anos que queria saber tudo sobre o mundo. Sorria o tempo todo e não deixava a tristeza dominar sua vida. Vivia com o pai, que viajava pelo mundo a trabalho. "Tenho que ir para um país muito distante chamado Índia", ele disse, um dia, "mas não posso levá-la comigo." "Então, para onde irei?", perguntou Sara. "Não se preocupe, minha querida. Você vai frequentar o melhor internato da cidade." Assim, Sara começou sua vida na escola particular da Srta. Minchin. Tinha um quarto lindo, cheio de brinquedos e bonecas elegantes, e seus amigos adoravam ouvir suas histórias sobre os países distantes que ela visitara.

344 Parte II: Papai sumiu

Os meses se passaram rapidamente. Sara fez amizade com Becky, uma garota que trabalhava no internato como empregada. Algumas alunas não a tratavam com gentileza, mas Sara sempre a defendia, e as duas meninas logo se tornaram melhores amigas. Um dia, porém, a diretora do internato a chamou em seu escritório e deu-lhe uma má notícia: "Sinto muito, mas parece que seu pai se perdeu na selva indiana. Ninguém sabe onde ele está, embora estejam fazendo de tudo para encontrá-lo. Como ele não poderá pagar sua mensalidade, permitirei que fique aqui, mas não como aluna. Você terá que trabalhar como Becky".

345 Parte III: No sótão com Becky

Com o coração cheio de preocupação pelo destino do pai, a menina foi forçada a reunir todas as suas coisas bonitas, entregá-las às outras alunas e mudar-se para o sótão, onde não havia espaço para brinquedos. A pequena Becky também dormia lá, e as duas meninas começaram a passar ainda mais tempo juntas. A partir daquele momento, Sara começou a fazer as tarefas domésticas: lavava o chão e as roupas das outras meninas e tirava o pó do lugar, sem nunca reclamar. Sara e Becky conversavam e faziam piadas com frequência, o que fazia o trabalho parecer menos difícil.

346 — Parte IV: O macaco

Mais alguns meses se passaram, e, um dia, um rico empresário, seu mordomo indiano e um pequeno macaco se mudaram para a mansão em frente ao internato. Da janela, o mordomo viu as meninas trabalhando muito, dia após dia, e achou que elas mereciam uma surpresa agradável. Numa noite, Sara e Becky voltaram para o sótão e viram que estava cheio de almofadas e tapetes! E na velha mesa delas havia uma bandeja com muitos doces e outras delícias. Alguns dias depois, o pequeno macaco indiano entrou no quarto delas, então Sara foi até a mansão devolvê-lo ao proprietário.

347 — Parte V: Uma surpresa maravilhosa

Quando o homem a viu, seu rosto se iluminou, e ele sorriu: "Eu a conheço! Você é Sara, filha de um dos meus amigos mais queridos! Sei que ele está desaparecido e, a partir de agora, eu que vou cuidar de você!". Sara ficou feliz em aceitar e, assim, se mudou para a mansão com Becky. As semanas se passaram, e, numa bela manhã ensolarada, alguém bateu à porta da mansão. Sara foi atender e... que surpresa! O pai estava bem ali, na frente dela. "Eu sabia que você voltaria, pai!", ela exclamou, radiante. "E eu sabia que ficaria orgulhoso de você!", ele respondeu, abraçando-a. E, a partir daquele dia, eles nunca mais se separaram.

348 A VALENTE POCAHONTAS
Inspirado em uma história real

Quando a América foi descoberta, muitos homens e mulheres deixaram a Europa para conquistar aquelas novas terras, onde os nativos americanos viviam há muitos séculos, o que levou a muitas batalhas entre nativos e conquistadores. Entre os recém-chegados estava um soldado inglês chamado John Smith. Um dia, ele foi capturado pelos nativos e teria um fim terrível se Pocahontas, filha do líder, não tivesse falado em sua defesa: "Pai, poupe a vida dele". John foi salvo, e ele e a jovem se tornaram inseparáveis. Pocahontas explorava a floresta com ele, mostrando-lhe plantas e animais que ele não conhecia. Por sua vez, o inglês ensinou-lhe sua língua. Assim, Pocahontas tornou-se intérprete entre seu povo e os recém-chegados e foi convidada a ir para a Inglaterra, onde encontraria a rainha. "Graças a você, seu povo pode esperar pela paz", prometeu John, enquanto viajavam no barco que os levaria para a Europa.

349 OS TRÊS PRÍNCIPES ANIMAIS
Um conto tradicional europeu

Três princesas estavam apaixonadas por três príncipes que, devido a um feitiço, eram seres humanos apenas à noite. Durante o dia, eles se transformavam em um falcão, um cervo e um golfinho. O rei declarou: "Jamais aceitarei esses casamentos!", mas as meninas se casaram em segredo e fugiram. Um dia, Titus, o irmão das meninas, foi procurá-las na floresta. O jovem encontrou uma torre cercada por um fosso e guardada por um dragão. Uma jovem, prisioneira do monstro, olhava pela janela. Então, Titus pediu ajuda aos cunhados: com os chifres, o cervo empurrou o dragão para o fosso, o golfinho o afogou e o falcão trouxe a jovem para baixo. "Obrigado!", disse Titus. "Nós é que devemos agradecer a você", responderam os príncipes: eles haviam quebrado o feitiço ao salvar a jovem e estavam totalmente humanos de novo. Assim, eles celebraram o casamento de Titus com a jovem, com suas esposas.

350 O CERVO E A VIDEIRA
Uma fábula de Esopo

Papai urso e papai cachorro passavam os dias na fazenda cuidando da prole: travessos ursinhos e cachorrinhos que puxavam suas caudas e pulavam em suas barrigas. "Não aguento mais!", disse o cachorro. "Precisamos distraí-los." Nesse momento, o cervo mais guloso da floresta, Job, passou por ali. "Vamos pedir ajuda a ele!", disse papai urso. Os dois seguiram o cervo, que se escondeu entre as fileiras de uma vinícola. O cachorro e o urso começaram a procurá-lo, enquanto Job estava escondido entre as uvas. Mas o cervo começou a comer as uvas, fazendo muito barulho. Assim, os dois animais o encontraram: "Querido Job, você terá que voltar para a fazenda conosco". O pobre cervo foi forçado a dançar e a recitar poesias infantis para os filhotes a tarde toda, enquanto os pais descansavam tranquilamente sob um carvalho.

351 O COELHINHO E O COCO
Uma lenda budista

Um coelhinho que dormia sob uma palmeira sonhou que o céu caía sobre sua cabeça. Nesse momento, o vento fez um coco cair da árvore e atingi-lo. O coelhinho saltou e correu gritando: "O céu está caindo sobre nossas cabeças!". Uma raposa, que decidia qual rato comer primeiro, ouviu o alarme e correu, seguida dos dois roedores. Vendo a raposa ser perseguida pelos ratos, o hipopótamo riu. "Isso não é motivo de risada!", disse a raposa. "O céu está caindo sobre nossas cabeças!", acrescentaram os ratos. E o hipopótamo correu com eles. "O que está acontecendo?", rugiu o leão. "O céu está caindo sobre nossas cabeças", respondeu o hipopótamo. "Quem disse isso?" O hipopótamo apontou para os ratos, que apontaram para a raposa, que apontou para o coelhinho, que lhes contou sobre o sonho e o objeto que o atingiu. O leão pegou o coco sob a palmeira: "Isso parece um pedaço de céu para vocês?". "Nem um pouco", responderam os outros e voltaram para casa, aliviados.

O LAGO DOS CISNES
Um conto de fadas alemão

352 Parte I: O lago encantado

Era uma vez um príncipe chamado Siegfried. Sua mãe, a rainha, havia planejado duas festas para o aniversário do filho: esperava que Siegfried finalmente escolhesse uma nobre garota para se casar. Durante a primeira festa, Siegfried viu alguns cisnes no céu e decidiu persegui-los. Cavalgou e cavalgou e, no final, chegou às margens de um lago: sob a luz da lua, os cisnes se transformaram em lindas garotas e começaram a dançar. O príncipe aproximou-se de uma das misteriosas garotas, chamada Odette.

353 Parte II: Odette, o cisne

"Quem é você?", perguntou o príncipe. A garota abriu-se para ele: "O cruel feiticeiro Rothbart me puniu porque recusei me casar com ele e agora, todos os dias, tenho que ser um cisne até o pôr do sol. É quando volto a ser humana, mas, ao amanhecer, me transformo em cisne novamente. Minha única esperança é que alguém prove que me ama de todo coração". Na noite seguinte, enquanto os convidados dançavam alegremente, Siegfried não conseguia parar de pensar em Odette.

354 Parte III: Rothbart e Odile

De repente, o feiticeiro Rothbart entrou no salão de baile com Odile, sua filha, idêntica a Odette. Ela se aproximou do príncipe e o convenceu de que ela era a garota-cisne por quem ele havia se apaixonado. Siegfried caiu na armadilha e a apresentou à mãe como futura noiva. Mas Odette vira tudo e voltara para o lago, desesperada. Enquanto conversava com Odile, Siegfried percebeu que havia sido enganado e correu para o lago. Encontrou Odette em lágrimas e disse: "Ficarei com você para sempre!". Essas palavras quebraram o feitiço, e os dois viveram felizes para sempre.

355 A COTOVIA
Uma lenda japonesa

Há muito tempo, a cotovia vivia no céu com os deuses: voava pelas nuvens, aquecia-se ao sol e era embalada por uma brisa fresca. Um dia, o deus do céu disse a ela: "Entregue esta carta ao povo Ainu, mas você deve voltar antes do pôr do sol!". A cotovia concordou alegremente porque era curiosa e animada. Depois de entregar a mensagem, começou a explorar a terra, repleta de animais e lugares encantadores. Mas o tempo voou, e a noite chegou num piscar de olhos. A ave correu de volta, mas viu o deus do céu vindo em sua direção com expressão severa. "Você me desobedeceu, cotovia!", ele a repreendeu. "Vai voltar aos Ainu e ficará lá! Não terá permissão de retornar ao reino dos deuses nem voará mais alto que cem metros!" Então, até hoje, quando a cotovia voa, sobe um pouco e depois desce de novo, como se temesse um castigo do céu.

356 O AMIGO TRAIÇOEIRO
Um conto tradicional indiano

Um homem possuía uma sacola de moedas de ouro e, certa manhã, disse ao amigo: "Venha comigo para fora da cidade. Quero enterrá-la". "Ficarei muito feliz em ir", respondeu o outro. Eles foram para a floresta e enterraram a sacola sob uma árvore. Alguns dias depois, o homem voltou lá e cavou para encontrar suas moedas, mas descobriu que elas haviam desaparecido. "Quem as pegou?", ele pensou. "O único que sabia sobre o tesouro é meu amigo, mas, se eu perguntar, ele dirá que não pegou nada. Talvez haja uma maneira de descobrir a verdade..." No dia seguinte, ele foi visitar o amigo: "Ganhei mais moedas. Vamos voltar à árvore e esconder estas também". O outro homem, que queria roubar as moedas novamente sem que o amigo desconfiasse, foi sozinho ao esconderijo e colocou de volta as que havia roubado. Mas o dono o seguira: ele expôs o ladrão e não confiou mais nele.

357 — O CÃO, O GALO E A RAPOSA
Uma fábula de Esopo

Um cão e um galo eram amigos e decidiram fazer uma viagem pela floresta. Quando anoiteceu, escolheram dormir ao lado de um carvalho. O cão disse: "Suba! É mais seguro". "Você está certo!", respondeu o galo. O cão se enrolou debaixo da árvore. Uma raposa faminta passou, viu o galo e disse: "Você é tão bonito! Desça, quero vê-lo melhor". O galo estava prestes a descer, mas notou que a raposa lambia os bigodes. Então, respondeu: "Não. Por que você não sobe?". "Não posso, estou cansada." "Há um degrau atrás do tronco." A raposa deu a volta na árvore, mas encontrou o cão, que latiu alto. E, assim, ela fugiu!

O CARANGUEJO E A GARÇA
Uma fábula indiana do *Panchatantra*

358 — Parte I: A garça trapaceira

Era uma vez um cardume de peixes. Eles nadavam felizes o dia todo, explorando o fundo do lago e brincando. Infelizmente, devido a uma seca severa, não choveu por muito tempo, e os peixes ficaram presos em uma pequena poça de água. Um dia, uma garça apareceu e disse: "Subam nas minhas costas! Eu os levarei a um lindo lago cheio de água!". "Não deem ouvido a ele! É um truque para nos comer!", gritou um peixe jovem. Mas um peixe velho respondeu: "Eu irei. Não me importo de morrer e, se o que ele diz for verdade, prometo que voltarei para levá-los embora".

359 — Parte II: O caranguejo esperto

A garça deixou o peixe subir em suas costas, e eles chegaram ao lago. Ele mostrou o lago e trouxe o peixe de volta à poça de água. "A garça disse a verdade!" Então todos os outros peixes subiram nas costas dele, mas a garça os levou para seu ninho e os comeu. Depois, voltou à poça para pegar um grande caranguejo. Quando estavam perto do ninho, o caranguejo viu os ossos dos peixes e beliscou a perna da garça, que começou a gritar. O caranguejo não a soltou até que a garça o colocou de volta no lago, onde o crustáceo viveu em paz para sempre.

360 — O GALO POBRE E O GALO RICO
Uma fábula micronesiana

Na ilha de Palau, em duas colinas diferentes, viviam dois galos. Um não estava indo muito bem; estava sozinho e com fome. O outro vivia em um grande galinheiro e tinha muitos amigos. Um dia, o galo pobre ouviu o outro cantar e começou a cantar também. Ele continuou fazendo isso, e o galo rico se perguntou: "Quem ousa me desafiar?". Determinado a descobrir, reuniu comida e dinheiro e partiu. Quando chegou ao galo pobre, perguntou: "Você quer lutar?". "Não! Eu estava apenas respondendo a uma voz amigável! Estou sempre sozinho!" O galo rico olhou para suas penas sujas e rosto amável e disse: "Então vamos cantar juntos para fazer companhia um ao outro, e, se precisar de mim, eu o ajudarei!". Eles comeram e cantaram a noite toda, então o galo rico deixou comida e dinheiro para o outro e voltou para casa, feliz por ter um novo amigo.

361 — GERALD, O COVARDE
Um conto de fadas islandês

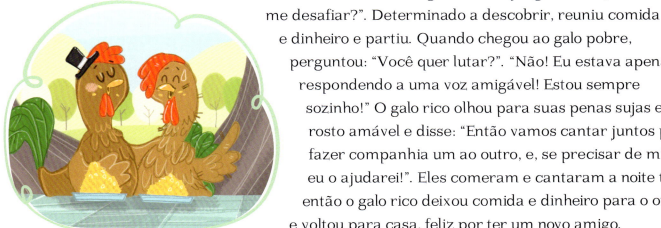

Um homem rico chamado Gerald conheceu Ronald, que era pobre, mas corajoso. "Você pode viajar comigo", sugeriu Gerald, "mas, em troca, ficarei com o crédito pelos seus feitos." Ronald aceitou, e, naquela noite, eles chegaram a um prado onde doze ladrões haviam acampado. "Vamos fugir", disse Gerald. "Nunca!", gritou Ronald. E, sem hesitar, ele os atacou. Enquanto o companheiro se escondia atrás de uma árvore, ele derrotou os canalhas e pegou o anel do líder. Após alguns dias, os dois jovens chegaram ao palácio do rei e ambos se apaixonaram pela princesa. "Case-se comigo", disse Gerald, "derrotei doze ladrões sozinho", mas ela respondeu: "Primeiro, você terá que duelar contra dois cavaleiros". Gerald, que era covarde, fugiu. Então a garota disse a Ronald: "Sei que você é o verdadeiro herói: você está usando o anel que aqueles ladrões roubaram do meu pai". Assim, a princesa escolheu o homem realmente digno dela.

O COELHO E O OURIÇO

Um conto de fadas dos Irmãos Grimm

362 — Parte I: Os tomates do coelho

Uma manhã, o Sr. Ouriço e sua esposa foram acordados por alguns ruídos estranhos. Eles se levantaram e descobriram que um dos filhos estava roendo a perna de uma cadeira, outro estava mordendo uma tigela, e o terceiro estava lambendo o tapete. "Eles estão com fome!", disse a senhora. Ouriço. O senhor Ouriço se vestiu e saiu para o campo de nabos: "Espero que estejam maduros, para que possamos ter um bom almoço!". Mas os nabos não estavam maduros, e o ouriço foi até o topo da colina, onde o senhor Coelho olhava seus tomates. "Bom dia! Você tem tomates lindos! Me daria alguns para meus filhos famintos?" "Vá embora!", respondeu o senhor. Coelho. "E leve com você essas suas pernas ridiculamente pequenas!" O senhor Ouriço, que gostava muito de suas pernas pequenas, disse: "Não há nada de errado com minhas pernas!". "Ah, é?", respondeu o senhor Coelho. "Vê aquele campo recém-arado? Vamos correr até lá."

363 — Parte II: O ouriço disfarçado

"Tudo bem, mas com duas condições!", disse o senhor Ouriço. "Primeiro: se eu ganhar, você me dará o campo de tomates." "Está bem, porque vou ganhar!", disse o arrogante coelho. "Segundo: preciso tomar café da manhã!" O senhor Ouriço correu para casa, pediu à esposa para vestir suas roupas e disse-lhe para se esconder no campo onde iriam correr, no final de seu sulco. Então, voltou para se encontrar com o senhor Coelho, que saiu correndo. O ouriço deu três passos e depois se escondeu em seu sulco. Pouco antes de o coelho chegar à linha de chegada, a senhora. Ouriço, vestida como o marido, saltou e disse: "Já estou aqui!". "É impossível!", protestou o senhor Coelho. E eles correram trinta e duas vezes! Mas a senhora Ouriço sempre aparecia antes de ele chegar, e, no final, o coelho caiu exausto no chão. O senhor Ouriço despediu-se, depois encontrou a esposa no novo campo, onde colheram muitos tomates para os filhos.

364 AS TRÊS TIAS
Um conto de fadas dos Irmãos Grimm

Era uma vez uma menina que odiava costurar. Um dia, a mãe a repreendeu porque estava sentada no jardim sem fazer nada. Naquele exato momento, a rainha passou por ali. "O que está acontecendo?", perguntou à mulher, que estava envergonhada e mentiu: "Minha filha quer costurar, mas não temos dinheiro para comprar tecido". A rainha deu à menina metros de pano e disse: "Costure o quanto quiser. Depois você se casará com meu filho, porque o desejo de trabalhar é uma qualidade valiosa!". A menina começou a chorar, mas três mulheres muito feias e velhas apareceram: "Costuraremos para você se nos chamar de tias no dia do seu casamento". Então chegou o dia, e a menina as apresentou como suas tias. O príncipe disse: "Vocês não se parecem nada com minha esposa!". E elas responderam: "O trabalho árduo nos deixou assim". O príncipe, então, proibiu a menina de costurar para sempre!

365 COMIDA PARA TODOS OS TRÊS
Um conto tradicional do Oriente Médio

Um homem amigável era dono de uma loja que vendia frutas, legumes e alimentos de todos os tipos. Ele adorava conversar com as pessoas e lhes dava o que precisavam. Um dia, um viajante, montado em um burro e com uma bolsa a tiracolo, apareceu. Quando abriu a bolsa, a cabeça de um galo saiu. "*Cocoricó*?", disse o galo, vendo o lojista. "Bom dia para você!", ele respondeu. "De que você gostaria?" "Eu gostaria de algo bom para mim, para o burro e para o meu galo", disse o homem. Então o lojista deu-lhe um melão: "A polpa é para você, a casca, para o burro, e as sementes, para o galo". Para agradecer, o galo cantou como se o sol ainda não tivesse nascido, o burro relinchou alegremente, e o viajante, impressionado com a escolha do lojista, voltou muitas vezes, e os dois se tornaram queridos amigos.

SUMÁRIO

1. ZEUS E A TARTARUGA
2. A SOPA DE PEDRA
3. O CARVALHO E O JUNCO
4. GATO E RATO EM PARCERIA
5. AS ROUPAS NOVAS DO IMPERADOR
6. POR QUE A ARANHA NÃO TEM CASA?
7. A FESTA À FANTASIA - PARTE I
8. A FESTA À FANTASIA - PARTE II
9. VESPAS E ABELHAS
10. A ORIGEM DOS VENTOS
11. AS AVENTURAS DE PETER PAN - PARTE I
12. AS AVENTURAS DE PETER PAN - PARTE II
13. AS AVENTURAS DE PETER PAN - PARTE III
14. AS AVENTURAS DE PETER PAN - PARTE IV
15. AS AVENTURAS DE PETER PAN - PARTE V
16. A PEQUENA TIGRESA
17. A LENDA DE URASHIMA TARO
18. AS DOZE PRINCESAS DANÇARINAS - PARTE I
19. AS DOZE PRINCESAS DANÇARINAS - PARTE II
20. O PINHEIRO NA FLORESTA
21. A PRINCESA QUE VIVIA DEBAIXO DA TERRA
22. O PESCADOR E O GÊNIO
23. O BESOURO IMPERIAL
24. PINÓQUIO - PARTE I
25. PINÓQUIO - PARTE II
26. PINÓQUIO - PARTE III
27. PINÓQUIO - PARTE IV
28. PINÓQUIO - PARTE V
29. A PEQUENA FLOR DE NEVE
30. A HISTÓRIA DE QUACKLING
31. O INCRÍVEL ISSUNBOSHI - PARTE I
32. O INCRÍVEL ISSUNBOSHI - PARTE II
33. O LABIRINTO DO MINOTAURO - PARTE I
34. O LABIRINTO DO MINOTAURO - PARTE II
35. O LABIRINTO DO MINOTAURO - PARTE III
36. O PRATO DE LENTILHAS
37. O URSO E O COELHINHO
38. CORAÇÃO DE PEDRA
39. O TIGRE E O HOMEM
40. O COELHO BRANCO
41. ALICE NO PAÍS DAS MARAVILHAS - PARTE I
42. ALICE NO PAÍS DAS MARAVILHAS - PARTE II
43. ALICE NO PAÍS DAS MARAVILHAS - PARTE III
44. ALICE NO PAÍS DAS MARAVILHAS - PARTE IV
45. ALICE NO PAÍS DAS MARAVILHAS - PARTE V
46. O LOBO E O CACHORRO
47. O RELÓGIO ENCANTADO
48. AS BAGAS MÁGICAS
49. A HISTÓRIA DO CARDO
50. O MAR DAS HISTÓRIAS - PARTE I
51. O MAR DAS HISTÓRIAS - PARTE II
52. O SAPO EGOÍSTA
53. OS TRUQUES DE PELANDOK
54. CHAPEUZINHO VERMELHO - PARTE I
55. CHAPEUZINHO VERMELHO - PARTE II
56. CHAPEUZINHO VERMELHO - PARTE III
57. CHAPEUZINHO VERMELHO - PARTE IV
58. CHAPEUZINHO VERMELHO - PARTE V
59. A CAVERNA FALANTE
60. O CHAPÉU ENCANTADO
61. A PRINCESA DA LUA - PARTE I
62. A PRINCESA DA LUA - PARTE II
63. PROMETEU E O FOGO
64. A CAIXA DE PANDORA
65. O SOL CATIVO
66. PRINCESA KWAN-YIN
67. BRANCA DE NEVE E OS SETE ANÕES - PARTE I
68. BRANCA DE NEVE E OS SETE ANÕES - PARTE II
69. BRANCA DE NEVE E OS SETE ANÕES - PARTE III
70. BRANCA DE NEVE E OS SETE ANÕES - PARTE IV
71. BRANCA DE NEVE E OS SETE ANÕES - PARTE V
72. O NARIZ DO ELEFANTE
73. A PEQUENA MARGARIDA
74. ALI BABÁ E OS QUARENTA LADRÕES - PARTE I
75. ALI BABÁ E OS QUARENTA LADRÕES - PARTE II
76. HAILIBU, O CAÇADOR - PARTE I
77. HAILIBU, O CAÇADOR - PARTE II
78. O LEÃO, A HIENA E A RAPOSA
79. OS TRÊS FRUTOS
80. VALDEMAR DAAE E SUAS FILHAS - PARTE I
81. VALDEMAR DAAE E SUAS FILHAS - PARTE II
82. OS MACACOS E O SINO
83. A HISTÓRIA DO TROVÃO E DO RELÂMPAGO
84. A HISTÓRIA DE BAMBI - PARTE I
85. A HISTÓRIA DE BAMBI - PARTE II
86. A HISTÓRIA DE BAMBI - PARTE III
87. A HISTÓRIA DE BAMBI - PARTE IV
88. A HISTÓRIA DE BAMBI - PARTE V
89. O URSO E AS DUAS LONTRAS
90. A TEIA DE ARACNE
91. AS FLORES DA PEQUENA IDA - PARTE I
92. AS FLORES DA PEQUENA IDA - PARTE II
93. COMO O CAMELO CONSEGUIU SUA CORCOVA
94. KAYA TRAZ A PRIMAVERA
95. A PANELA MÁGICA
96. A FOLHA DO CÉU

SUMÁRIO

97. A PEQUENA SEREIA - PARTE I
98. A PEQUENA SEREIA - PARTE II
99. A PEQUENA SEREIA - PARTE III
100. A PEQUENA SEREIA - PARTE IV
101. A PEQUENA SEREIA - PARTE V
102. A HISTÓRIA DO MORCEGO
103. HERMES E O LENHADOR
104. POR QUE OS CACHORROS TÊM NARIZ PRETO?
105. O ESTILINGUE DE DAVI
106. KAMAR E BUDUR - PARTE I
107. KAMAR E BUDUR - PARTE II
108. JOÃO DE FERRO
109. A FEITICEIRA DO INVERNO
110. O POLEGARZINHO - PARTE I
111. O POLEGARZINHO - PARTE II
112. O POLEGARZINHO - PARTE III
113. O POLEGARZINHO - PARTE IV
114. O POLEGARZINHO - PARTE V
115. A GIRAFA VAIDOSA
116. O LOBO DOUTOR
117. REI MIDAS E O OURO
118. A ORIGEM DO SOL
119. VALENTE VICKY
120. AS TRÊS ROMÃS
121. OS MÚSICOS DE BREMEN - PARTE I
122. OS MÚSICOS DE BREMEN - PARTE II
123. A BELA E A FERA - PARTE I
124. A BELA E A FERA - PARTE II
125. A BELA E A FERA - PARTE III
126. A BELA E A FERA - PARTE IV
127. A BELA E A FERA - PARTE V
128. O COELHO E A LUA
129. OS DOIS JUMENTINHOS
130. OS SAPOS QUE DESEJAVAM UM REI - PARTE I
131. OS SAPOS QUE DESEJAVAM UM REI - PARTE II
132. O ISQUEIRO MÁGICO - PARTE I
133. O ISQUEIRO MÁGICO - PARTE II
134. O ISQUEIRO MÁGICO - PARTE III
135. O ISQUEIRO MÁGICO - PARTE IV
136. O ISQUEIRO MÁGICO - PARTE V
137. O PALÁCIO DOS DESEJOS
138. A GRANDE SERPENTE DO MAR
139. RUMPELSTILTSKIN - PARTE I
140. RUMPELSTILTSKIN - PARTE II
141. O MENINO QUE GRITAVA "LOBO"
142. APOLO E DAFNE
143. A DONZELA DOS GANSOS - PARTE I
144. A DONZELA DOS GANSOS - PARTE II

145. O PATINHO FEIO - PARTE I
146. O PATINHO FEIO - PARTE II
147. O PATINHO FEIO - PARTE III
148. O PATINHO FEIO - PARTE IV
149. O PATINHO FEIO - PARTE V
150. UM DESEJO PERIGOSO
151. O CAMALEÃO
152. O LAGO MÁGICO
153. AS ORELHAS DE BURRO DE MIDAS
154. RIQUET COM O TOPETE - PARTE I
155. RIQUET COM O TOPETE - PARTE II
156. OS BODES E OS LOBOS
157. O CORVO ENCANTADO
158. CINDERELA - PARTE I
159. CINDERELA - PARTE II
160. CINDERELA - PARTE III
161. CINDERELA - PARTE IV
162. CINDERELA - PARTE V
163. O VASO DE BARRO
164. A RÃ E O BOI
165. A GALINHA DOS OVOS DE OURO - PARTE I
166. A GALINHA DOS OVOS DE OURO - PARTE II
167. A GALINHA DOS OVOS DE OURO - PARTE III
168. O ENCANTADOR DE SERPENTES
169. O LOBO E O CORDEIRO
170. ANDRÓCLES E O LEÃO - PARTE I
171. ANDRÓCLES E O LEÃO - PARTE II
172. ROSA BRANCA E ROSA VERMELHA - PARTE I
173. ROSA BRANCA E ROSA VERMELHA - PARTE II
174. ROSA BRANCA E ROSA VERMELHA - PARTE III
175. ROSA BRANCA E ROSA VERMELHA - PARTE IV
176. ROSA BRANCA E ROSA VERMELHA - PARTE V
177. O BEBEDOURO
178. O PAVÃO TRISTE
179. A HISTÓRIA DA CIDADE DE YS
180. A LEOA E A RAPOSA
181. O CAVALO ENCANTADO - PARTE I
182. O CAVALO ENCANTADO - PARTE II
183. A ORIGEM DO GATO
184. O PRESENTE DA COBRA
185. CINCO EM UMA VAGEM - PARTE I
186. CINCO EM UMA VAGEM - PARTE II
187. CINCO EM UMA VAGEM - PARTE III
188. CINCO EM UMA VAGEM - PARTE IV
189. CINCO EM UMA VAGEM - PARTE V
190. O LEÃO E O RATO - PARTE I
191. O LEÃO E O RATO - PARTE II
192. A TORRE DE BABEL

SUMÁRIO

193. O MACACO E O GOLFINHO
194. O DESAFIO DO REI - PARTE I
195. O DESAFIO DO REI - PARTE II
196. HÉRCULES E O CARRETEIRO
197. A GAIVOTA E A RAPOSA
198. A RAINHA DA NEVE - PARTE I
199. A RAINHA DA NEVE - PARTE II
200. A RAINHA DA NEVE - PARTE III
201. A RAINHA DA NEVE - PARTE IV
202. A RAINHA DA NEVE - PARTE V
203. A TARTARUGA E A ÁGUIA
204. A VACA E O CACHORRO
205. O GALO, O GATO E O RATO - PARTE I
206. O GALO, O GATO E O RATO - PARTE II
207. COMO AS ESTAÇÕES DO ANO COMEÇARAM
208. AS DUAS RÃS VIZINHAS
209. AS TRÊS IRMÃS - PARTE I
210. AS TRÊS IRMÃS - PARTE II
211. AS TRÊS IRMÃS - PARTE III
212. JOÃO E O PÉ DE FEIJÃO - PARTE I
213. JOÃO E O PÉ DE FEIJÃO - PARTE II
214. JOÃO E O PÉ DE FEIJÃO - PARTE III
215. JOÃO E O PÉ DE FEIJÃO - PARTE IV
216. JOÃO E O PÉ DE FEIJÃO - PARTE V
217. O PAPAGAIO ESPERTO
218. O PRÍNCIPE COM NARIZ COMPRIDO
219. A CHUVA DE ESTRELAS
220. O FAZENDEIRO E A ÁGUIA
221. O SOLDADINHO DE CHUMBO - PARTE I
222. O SOLDADINHO DE CHUMBO - PARTE II
223. O SOLDADINHO DE CHUMBO - PARTE III
224. O SOLDADINHO DE CHUMBO - PARTE IV
225. O SOLDADINHO DE CHUMBO - PARTE V
226. A MÁSCARA DA BELA
227. OS QUATRO PRÍNCIPES CISNES
228. A POMBA E A FORMIGA - PARTE I
229. A POMBA E A FORMIGA - PARTE II
230. JOÃO E OS TRÊS PRESENTES MÁGICOS - PARTE I
231. JOÃO E OS TRÊS PRESENTES MÁGICOS - PARTE II
232. A NOIVA DO FAZENDEIRO
233. O LOBO E A GARÇA
234. A LÂMPADA DE ALADIM - PARTE I
235. A LÂMPADA DE ALADIM - PARTE II
236. A LÂMPADA DE ALADIM - PARTE III
237. A LÂMPADA DE ALADIM - PARTE IV
238. A LÂMPADA DE ALADIM - PARTE V
239. A BATALHA ENTRE PÁSSAROS E PEIXES
240. O PEQUENO RATO SÁBIO
241. A PRINCESA BABIOLE - PARTE I
242. A PRINCESA BABIOLE - PARTE II
243. A PRINCESA BABIOLE - PARTE III
244. A ARCA DE NOÉ
245. O CORVO VAIDOSO
246. A GALINHA RUIVA
247. O PISCO-DE-PEITO-RUIVO
248. O MÁGICO DE OZ - PARTE I
249. O MÁGICO DE OZ - PARTE II
250. O MÁGICO DE OZ - PARTE III
251. O MÁGICO DE OZ - PARTE IV
252. O MÁGICO DE OZ - PARTE V
253. O CÃO LEAL
254. O CERVO BRANCO
255. CACHINHOS DOURADOS E OS TRÊS URSOS - PARTE I
256. CACHINHOS DOURADOS E OS TRÊS URSOS - PARTE II
257. A DONINHA E AS GALINHAS
258. O MACACO E O GATO
259. A FILHA RATA
260. O PRÍNCIPE E A FÊNIX
261. O PÁSSARO DOURADO - PARTE I
262. O PÁSSARO DOURADO - PARTE II
263. O PÁSSARO DOURADO - PARTE III
264. O PÁSSARO DOURADO - PARTE IV
265. O PÁSSARO DOURADO - PARTE V
266. POR QUE OS ESQUILOS SÃO LISTRADOS?
267. A TARTARUGA FALANTE
268. O BONECO DE NEVE - PARTE I
269. O BONECO DE NEVE - PARTE II
270. O LOBO EM PELE DE CORDEIRO
271. A DESCOBERTA DA MELANCIA
272. O PRÍNCIPE ELFO - PARTE I
273. O PRÍNCIPE ELFO - PARTE II
274. O LIVRO DA SELVA - PARTE I
275. O LIVRO DA SELVA - PARTE II
276. O LIVRO DA SELVA - PARTE III
277. O LIVRO DA SELVA - PARTE IV
278. O LIVRO DA SELVA - PARTE V
279. O CÃO E O OSSO
280. FINOLA E O ANÃO - PARTE I
281. FINOLA E O ANÃO - PARTE II
282. O PAVÃO E A GARÇA
283. A RAPOSA E A CABRA
284. JOÃO, O OURIÇO - PARTE I
285. JOÃO, O OURIÇO - PARTE II
286. A ANDORINHA E OS PÁSSAROS
287. A ARANHA E A HIENA
288. SIMBAD, O MARUJO - PARTE I

SUMÁRIO

289. SIMBAD, O MARUJO – PARTE II
290. SIMBAD, O MARUJO – PARTE III
291. SIMBAD, O MARUJO – PARTE IV
292. SIMBAD, O MARUJO – PARTE V
293. O MORCEGO E AS DUAS DONINHAS
294. DENBA E A ESMERALDA
295. A MENINA DOS FÓSFOROS – PARTE I
296. A MENINA DOS FÓSFOROS – PARTE II
297. A MENINA DOS FÓSFOROS – PARTE III
298. O BISCOITO DE GENGIBRE – PARTE I
299. O BISCOITO DE GENGIBRE – PARTE II
300. O SOL E A LUA
301. COMO O RINOCERONTE CONSEGUIU SUA PELE
302. UM CONTO DE NATAL – PARTE I
303. UM CONTO DE NATAL – PARTE II
304. UM CONTO DE NATAL – PARTE III
305. UM CONTO DE NATAL – PARTE IV
306. UM CONTO DE NATAL – PARTE V
307. O LEÃO VAI À GUERRA
308. A FADA DA ILHA LOK
309. OS AMIGOS DA SELVA – PARTE I
310. OS AMIGOS DA SELVA – PARTE II
311. OS AMIGOS DA SELVA – PARTE III
312. A SALSA DOCE
313. O LEÃO E O CÃO SELVAGEM
314. O GRÃO DE ARROZ
315. O MONTÍCULO DOS ELFOS
316. A BELA COM CABELOS DOURADOS – PARTE I
317. A BELA COM CABELOS DOURADOS – PARTE II
318. A BELA COM CABELOS DOURADOS – PARTE III
319. A BELA COM CABELOS DOURADOS – PARTE IV
320. A BELA COM CABELOS DOURADOS – PARTE V
321. A CIGARRA E A FORMIGA – PARTE I
322. A CIGARRA E A FORMIGA – PARTE II
323. A MENINA DA MURTA
324. O LOBO DESASTRADO
325. O BAÚ VOADOR – PARTE I
326. O BAÚ VOADOR – PARTE II
327. O LOBO E A OVELHA
328. O JARDIM DO GIGANTE
329. BADR E GIAUHARE – PARTE I
330. BADR E GIAUHARE – PARTE II
331. BADR E GIAUHARE – PARTE III
332. BADR E GIAUHARE – PARTE IV
333. BADR E GIAUHARE – PARTE V
334. O JABUTI E O ELEFANTE
335. A PRINCESA SEM NOME
336. A PRINCESA NA COLINA DE VIDRO – PARTE I
337. A PRINCESA NA COLINA DE VIDRO – PARTE II
338. A PRINCESA NA COLINA DE VIDRO – PARTE III
339. O PÁSSARO DE NOVE CABEÇAS – PARTE I
340. O PÁSSARO DE NOVE CABEÇAS – PARTE II
341. O MOLEIRO, SEU FILHO E O BURRO
342. PEQUENO CLAUS E GRANDE CLAUS
343. A PRINCESINHA – PARTE I
344. A PRINCESINHA – PARTE II
345. A PRINCESINHA – PARTE III
346. A PRINCESINHA – PARTE IV
347. A PRINCESINHA – PARTE V
348. A VALENTE POCAHONTAS
349. OS TRÊS PRÍNCIPES ANIMAIS
350. O CERVO E A VIDEIRA
351. O COELHINHO E O COCO
352. O LAGO DOS CISNES – PARTE I
353. O LAGO DOS CISNES – PARTE II
354. O LAGO DOS CISNES – PARTE III
355. A COTOVIA
356. O AMIGO TRAIÇOEIRO
357. O CÃO, O GALO E A RAPOSA
358. O CARANGUEJO E A GARÇA – PARTE I
359. O CARANGUEJO E A GARÇA – PARTE II
360. O GALO POBRE E O GALO RICO
361. GERALD, O COVARDE
362. O COELHO E O OURIÇO – PARTE I
363. O COELHO E O OURIÇO – PARTE II
364. AS TRÊS TIAS
365. COMIDA PARA TODOS OS TRÊS